As metamorfoses do elefante

PERCURSOS LITERÁRIOS DE SOL A SOL

As metamorfoses do elefante
Fábula angolense

José Luís Mendonça

Copyright © 2022, José Luís Mendonça.
Copyright © 2025, Editora WMF Martins Fontes Ltda., São Paulo, para a presente edição.

Todos os direitos reservados. Este livro não pode ser reproduzido, no todo ou em parte, armazenado em sistemas eletrônicos recuperáveis nem transmitido por nenhuma forma ou meio eletrônico, mecânico ou outros, sem a prévia autorização por escrito do editor.

1ª edição 2025

Poente é um selo editado por Flavio Pinheiro

Acompanhamento editorial: Diogo Medeiros
Preparação: Isadora Prospero
Revisões: Cássia Land e Beatriz de Freitas Moreira
Produção gráfica: Geraldo Alves
Projeto gráfico: Gisleine Scandiuzzi
Paginação: Ricardo Gomes
Capa: Will Nunes

Dados Internacionais de Catalogação na Publicação (CIP)
(Câmara Brasileira do Livro, SP, Brasil)

Mendonça, José Luís
    As metamorfoses do elefante / José Luís Mendonça.
-- 1. ed. -- São Paulo : Poente, 2025.

    ISBN 978-65-85865-07-4

    1. Ficção angolana (Português) I. Título.

24-228747
                                    CDD-A869.3

Índice para catálogo sistemático:
1. Ficção : Literatura angolana em português A869.3

Eliete Marques da Silva - Bibliotecária - CRB-8/9380

Todos os direitos desta edição reservados à
Editora WMF Martins Fontes Ltda.
Rua Prof. Laerte Ramos de Carvalho, 133 01325-030 São Paulo SP Brasil
Tel. (11) 3293-8150 e-mail: info@wmfmartinsfontes.com.br
http://www.wmfmartinsfontes.com.br

COANTAR	9
I – SURRISO	11
O primeiro sonho de Hermes Sussumuku	25
II – PORTOSSO, O ZAIKÓ LANGA-LANGA	27
O segundo sonho de Hermes Sussumuku	43
III – A REINVENÇÃO DO PRETO	45
O terceiro sonho de Hermes Sussumuku	67
IV – A MORTE VERDADEIRA DO DOUTOR SÍLVIO DALA	69
O quarto sonho de Hermes Sussumuku	81
V – MANGAS & DIAMANTES	83
O quinto sonho de Hermes Sussumuku	95
VI – KAPUETE, O CÃO BIAFRENSE	97
O sexto sonho de Hermes Sussumuku	107
VII – COLONO, O CAMALEÃO	109
O sétimo sonho de Hermes Sussumuku	137
QUEM CONTA UM CONTO, ACRESCENTA-LHE UM CANTO	139

Nzau u bundula maba: mosse ué zola lili ngazi
kani ku bundula maba ko
O elefante está a arrancar as palmeiras: se ele gosta
de comer dendém não poderia arrancar as palmeiras.

(Quando queres amigos, trata-os bem)

Provérbio bakongo – língua fiote ou oió

COANTAR

Luanda tem raros espaços de lazer. Um dos poucos lugares onde sentar e ficar a ver navios contentores carregados de vozes é o Largo da Independência, com os seus repuxos de água seca. Mesmo sem árvores de sombra, é aqui onde António Mateus Caiande marca encontros aos domingos. Consigo mesmo e com Rá, o deus-sol com a cabeça de falcão coroada pelo disco solar. Ali está ele polinizando dois dedos de conversa no ouvido de Kapuete, o cão biafrense, sob o refluxo inspirador do poema "Havemos de voltar":

– A página do livro deve suar música. O livro tem de louvar os deuses em modo estéreo, trilha sonora de filme, o baixo a soar numa margem, os agudos na outra.

Eu, espírito caminhante, boca invisível, vos cuspo este ovo de misoso[1]. Viver não se escreve. Viver é pessoa, é coisa, é música dentro do ovo da fala. Quem tem ouvidos lê o som das melodias, o compasso dos ritmos, o bater da chuva no coração das pedras. Viver não se escreve. Viver nos escreve. Viver fala mais alto que os livros.

De tanto seguir António Caiande, rodo no tempo o ovo grande do Viver. Não conto. Não canto. Coanto.

---

1 Misoso (quimbundo) – estória tradicional (oralitura).

Coanto de pura desescrevência: as folhas de papel são espumas de asas infiníssimas e nelas não cabe a música de fundo da alma de António Mateus Caiande, deus simples demais para se entronizar herói desta estória. Caiande é a própria estória, ovo de misoso.

Luanda, abril de 2021

I – SURRISO
Música: "Chofer de praça", de Luís Visconde

1. Manhã manhãzinha. Maçã-da-índia inda verde. Na paragem da Estalagem, a caminho de Viana, uma rapariga sentada entre os bancos do meio do candongueiro[2] sustém um súbito ataque de riso. Um riso apertado entre os dentes para não dar bandeira. Depois, a boca se inflama. Explode. Lava de vulcão de gargalhadas. A blusa branca solta no ar as flores cor-de-rosa estampadas no tecido. A rapariga fecha os olhos, e o céu da boca escancara as dunas recortadas de riso. Os restantes passageiros desconfiam ainda essa miúda está a rir sozinha delesoutros, e os dentes desenham empatias de curvas bonitas. Logo-logo se entreolham e destapam a samacaca[3] do pudor. O riso deles tantaliza o motorista do Hiace azul e branco, o volante perde as mãos e o candongueiro inclina um poste de luz eléctrica.

O azul e branco traz na cimeira da porta de trás a inscrição SAI VOADO. No vidro da mesma porta, lê-se NESTE 2020, OS NOSSOS CLIENTES SÃO VIP – BANCO DE COMÉRCIO E

---

2 Candongueiro – veículo de transporte coletivo urbano, pintado de cores azul e branco.

3 Samacaca – tecido estampado tradicional angolano, com padrão característico de figuras geométricas coloridas; de *Samakaka*, antropônimo, antigo soba (chefe de aldeia) bailundo.

INDÚSTRIA. Lá dentro aumenta o peso de tanto riso. Eu, espírito caminhante, boca invisível, desejo ainda ser pessoa, também quero rir, mas, a mim, Nzambi[4] só me deu potência de voar sem sair voado. Nunca pago o valor do táxi. A mim, ninguém me vê. Eu é que vos vejo. Mesmo você que está me ouvindo agoramente. O motorista bate os punhos no volante e espuma asas finíssimas pelos olhos, os passageiros enlatados nos bancos de trás se esgargalham com olhos rectilíneos de mwana pwó[5], a cabina do táxi é uma motosserra tricortando risos, as doces peças soltas de alegria intraferem a bebé de três meses de verdes meias bordadas. A candengue[6] solta o seio desfolhado da jovem mãe, num calundu[7] de riso tão bonito como uma formiga sem cor perdida na Via Láctea.

Fora da caverna de chapa azul e branca tacteiam sombras nos olhos vazios do tempo: zungueiras[8] na paragem do candongueiro com banheiras de plástico cerzidas de frutas, guardas do armazém fardados cor de caqui junto à praça, candengues de bata branca a caminho da escola, quitandeiras do pão vendendo dentro da linha do comboio, até quando ele apitar lá longe para elas tirarem o negócio, e os roboteiros[9] segurando seus sonhos

---

4 Nzambi (quimbundo) – Deus.

5 Mwana Pwó – máscara de madeira usada em ritual de iniciação entre os povos Tshokwe (Luandas); tem rosto feminino com olhos quase cerrados.

6 Candengue (do quimbundo "ndengue") – criança.

7 Calundu – possessão espiritual.

8 Zungueira (do quimbundo "kuzunga" – girar de um lado para o outro) – vendedeira ambulante.

9 Roboteiro – estivador privado dos mercados populares; este nome tem origem no termo russo "rabota" (trabalhar).

de cangulo[10] nas mãos. Todos se afundam até ao diafragma na erupção do vulcão de riso sem vontade. No xinguilamento[11] do riso, as viaturas na estrada se beijam os para-choques, os seus ocupantes se embebedam na lava do riso agreste em transbordante convulsão de gargalhadas, até os motores riem, os porcos da lixeira junto à estação do comboio param de chafurdar, olham à volta e desatam a rir, as galinhas e os cães esfregam as penas e os pelos no fogo ardente do riso, eu respiro moscas em espiral de risos sobre as cabeças das pessoas.

Depois, os olhos das nuvens soletram lágrimas risíssimas sem propósito risível e uma chuva miudinha vem rir-se do tempo.

Até as andorinhas tontas de riso debicam os umbigos risíveis dos transeuntes; outros pássaros, pardais, celestes e beija-flores, rodopiam na areia rimas de tanta poeira reinventariando harmonia, e as crianças, sedentas da suave candura dos voadores, já não caçam esses anjos de asas risadas; a vontade das coisas, mesmo as que não têm vontade, sangra entre os dentes do morcego do riso.

Da paragem da Estalagem, quem vai para Viana, a pandemia de riso chapinha as consciências das ruas apinhadas de carros emaranhados numa teia de riso com os motoristas caídos sobre os volantes, os passageiros meio inclinados nas janelas e os peões com as mãos apoiadas sobre os capões dos automóveis, contorcidos de riso.

---

10 Cangulo – carrinho de mão com roda de carro e estrado de madeira; o nome vem do quimbundo "ngulo", porco; é uma alusão a andar de focinho para baixo, a forma do carrinho.

11 Xinguilar (do quimbundo "kuxingila") – entrar em transe, por possessão espiritual.

2. Um vento de café moído e fervido na chaleira de carvão levanta voo da casa de mamã Zabele. Casa de pau-a-pique, construída no ano de 1971 no bairro Operário (beÓ) e requalificada em estrutura de blocos de cimento coberta de lusalite[12]. Mamã Zabele vive com Feli, neta adoptiva, e José Sussumuku, o filho que lhe abriu a matriz. O cheiro do café de mamã Zabele enche os pulmões de toda a cidade. António Caiande desperta, como faz há mais de quarenta anos, desde o primeiro dia que cheirou esse café de carvão incandescente e conheceu a ilha virgem de 15 anos que poderia ser hoje a sua esposa, se não tivesse soprado em Angola o vento sangrento da guerra fratricida que marca até hoje o destino das pessoas. Caiande mora no Bungo, lá para os lados do caminho de ferro de Luanda, na antiga residência do pai, maquinista de comboio. Olha para o relógio. Marca seis horas do dia 30 de agosto de 2020. Todos os domingos, Tony se levanta, reconfigura o corpo com exercício, banho e matabicho, liga o pequeno Kia Picanto amarelo e conduz até à casa de mamã Zabele, para lhe beber do café sem açúcar mascavo e lhe fazer companhia.

– Bom dia, mãe Zabele. Como passou a noite?

– Passei bem, meu filho. E você? – responde a velha senhora, com gestos das mãos e esgares do rosto, sempre impecável no seu traje de bessangana[13]. Esta manhã, a velha modista veste

---

12 Lusalite – cimento-amianto ou fibrocimento, mistura de fibra de amianto e pasta de cimento utilizada como isolante de calor e de umidade em construções.

13 Bessangana – senhora notável da sociedade banto angolana, nascida na Ilha de Luanda, que se veste com três peças de pano: um amarrado à cintura, o kimono (espécie de blusa com mangas) e a terceira peça caindo do ombro. Na cabeça, um lenço. As moças pediam-lhe a bênção (besa) dirigindo-se a uma senhora (ngana).

panos riscados de um rosa desmaiado, com kimono e lenço na cabeça. Sobre o peito, enfeita o kimono um jogo de missangas finas, seis colares a condizer com a cor das roupas. Separa a jinguba[14] torrada num prato de loiça fina e o bombó assado noutro prato. – Meu filho, hoje também assei batata-doce, aquela de casca vermelha que tu gostas. Mas primeiro, deixa-me ainda mastigar a minha cola e o gengibre – acrescenta ela, fazendo outros gestos expressivos, com a cola e o gengibre entre os dedos.

– Mãe, esta noite tive um sonho sonhado, o mesmo sonho que sonhei há muitos anos – começa Tony a conversa de família alargada, enquanto mastiga também um dedinho de cola e outro de gengibre.

3. Na madrugada do dia 30 de maio de 1977, Caiande caminhava nu pelas ruas da cidade de Luanda, sob um céu tão descascado na tarde a desacontecer, as duas mãos cobrindo o bagre rarefeito. Nessa mesma hora, enquanto sonhava, soldados entraram na casa de mamã Zabele e levaram Joana, caçula de Zabele, sua noiva.

Quarenta e três anos andados, António Caiande volta a sonhar o mesmo sonho de caminhar nu sobre as brasas da tarde luandense. Em seguida, o corpo lhe pesa como a cabeça do comboio que o seu pai dirigia até Malanje e fica insone até no seu sangue entrar o aroma do café de mamã Zabele.

Abre a janela do quarto. Nasce um sol cor-de-rosa sobre a camisola trânsfuga do lento camaleão que divide o velho tamba-

---

14 Jinguba – amendoim.

rineiro do quintal com os rabos-de-junco e a rola cor de madeira pintada de luar. Estica o braço e limpa com um guardanapo de papel a foto da sua eterna noiva pendurada na parede, que o olha a sorrir, sob a aura enorme daquele jimy de carapinha preta, o sol negro dos olhos, o frémito selvagem das narinas abertas e o sorriso, o sorriso de Joana, ah, o sorriso dela sorrindo assim como se o mundo nunca houvesse de ter fim. A essa hora, a rola poisa no parapeito da janela aberta, e canta o seu gemido trissilábico. A alma de Tony emudece, duas lágrimas afloram aos seus olhos e ele ajoelha e chama de mansinho Joana, Joaninha, meu amor...

– Até hoje, o governo não nos diz o que fizeram contigo, onde está o teu corpo. Nem gosto de pensar que és kanzumbi[15], meu amor.

4. Nos primeiros meses de 1975, o ano da independência, os três movimentos de libertação entraram na capital. Armados. Fardados. Nos olhos, o intolerante concerto balístico do maquis[16]. A mãe de Tony, dona Carlinda de Jesus Caiande, professora primária, caiu quando saía da escola, numa sexta-feira aziaga, atingida por uma bala perdida. Tony nunca viu um homem chorar como uma criança, como chorou Malaquias Caiande, seu pai, maquinista de comboio dos caminhos de ferro de Luanda. O pai viria a falecer vinte anos depois, de malária, e foi sepultado na mesma campa da mãe, no cemitério de Santa Ana.

---

15   Kanzumbi – espírito errante, devido a morte violenta prematura.

16   Maquis – a palavra, que indicava membros da Resistência Francesa durante a Segunda Guerra Mundial, também foi usada para designar revolucionários que lutaram pela independência de Angola.

5. Depois da morte do pai, António Caiande vive na companhia do cão e do canto dos pardais. A sua mulher é sempre Joana, mesmo kanzumbi. De vez em quando, aparecem as asas verdes e o peito amarelo de cinco canários do Bengo, atraídos pelo odor do dendém vermelho na palmeira do quintal. Preferem os fios de luz esticados nos postes em frente da casa, para alisar as penas e olhar a cidade. A voz livre dos pássaros urbanos ecoa nos seus ouvidos como o kimbundu[17] daquela que esteve quase para ser sua sogra. Mãe Zabele gosta de lhe dizer coisas nessa língua agora já quase em desuso em Luanda, enquanto mastiga, logo pela manhã, a cola e o gengibre, depois de lavar a boca com o mwxi wa kimbungu[18].

O único dia que mãe Zabele esqueceu de comer a cola e o gengibre foi o dia em que o primo dela, oficial dos serviços, foi lá a casa às três da manhã prender-lhe a filha, sobrinha do militar. Nesse dia, deixou de beber o café com açúcar mascavo. Para Zabele, a vida ficou amarga como café sem açúcar, os dois mais notáveis e exportáveis produtos da ex-colónia. A única culpa de a levarem foi porque a jovem tinha ido dançar três vezes na companhia do major Nito Alves, o autor da tentativa de golpe de Estado de 27 de maio de 1977. O oficial dos serviços foi implacável. Fez uma completa razia na rua. Vinte e cinco jovens, todos da juventude do partido, foram levados. Nunca mais apareceram. Ninguém enterrou os seus corpos. António Caiande e

---

17 Kimbundu – língua banto, falada no noroeste e centro de Angola, pelo povo Ambundo.

18 Mwxi wa kimbungu – pau de lavar os dentes: simples pedaço de ramo de árvore especial, que se estria mastigando-o e depois serve para escovar os dentes.

aquele que seria o seu futuro cunhado, José Sussumuku, foram os únicos miúdos daquela rua que escaparam da purga. Tony nunca aderira à juventude do partido. Trabalhava na embaixada da Alemanha como tradutor desde 1974, quando acabou o liceu. O pai de Tony, maquinista de braço de ferro como um carril, sempre desconfiou dos homens do maquis. Estes guerrilheiros, meu filho, não conhecem Luanda. Vão nos trazer problemas. Mãe Carlinda e o pai dele sempre se acertaram. E lhe cerziu a mente com a agulha do sossego dela. Tony, meu filho, você nunca se mete na política. Não sabemos o que é que esses movimentos podem nos trazer. Mãe Carlinda, afinal, já tinha um pressentimento. Ela própria caiu. Mesmo sem se meter na política.

Mesmo sem se meter na política, um dia, corria o ano de 1977, já no mês de julho, eram três horas da manhã, quando três soldados foram à casa de Caiande. Perguntaram ao dono da casa:

– Bom dia, camarada Malaquias, queremos falar com o seu filho, António Caiande, o Tony.

– A esta hora? Que mal fez o meu filho?

– Ele não era amigo do peito de José Sussumuku, que andava com o Betinho do *Kudibanguela*?[19]

– Olhe, isso eu não sei, o meu filho já não o vejo há quase três meses, pensei que tinha sido morto ou preso, sei lá!

– Pelo sim, pelo não, vamos revistar a casa!

No seu quarto, Tony ouviu tudo e ficou muito quieto. Apertou no peito a pequena chita de pau-preto presa ao fio de missangas

---

19 Kudibanguela (do quimbundo, construção) – programa de rádio do Movimento Popular de Libertação de Angola, MPLA, emitido pela Rádio Nacional de Angola, nos primórdios da independência, depois tido como reacionário.

brancas que o avô lhe dera. Os três soldados revistaram a casa toda. Quando entraram no quarto de Tony, apenas viram a cama por fazer. Viraram-na do avesso, retiraram o colchão, escancararam o guarda-fato[20] e, de Caiande, nem hálito da sua respiração. Caiande apertou com ambas as mãos a chita de pau-preto que trazia no peito e a tropa não o viu, sentado num dos cantos do quarto. Desde esse dia, ficou escondido no quarto, só saindo para ir à casa de banho, durante dois anos, até ao dia da amnistia. Se você, leitor, não acredita nestes sortilégios é consigo. Eu estive lá em espírito, e vi mesmo tudo o que os soldados foram capazes de não ver. Você não acredita porque nunca leu *O bebedor de vinho de palma*, de Amos Tutuola, o nigeriano. Leia este romance e, de ler, você assumirá a pura realidade dos espíritos e a misteriosa força dos nossos feitiços.

6. À sombra da mulemba onde vos coanto este misoso, o vento traz as três folhas caídas do ventre de mamã Zabele: José, Hermes e Joana. Joana é só uma lembrança sempre viva. Hermes Sussumuku, o sonhador, tinha emigrado para Lisboa na leva do IARN[21], ainda antes da independência. Foi num fim de tarde muito quente quando Hermes contou ao irmão mais velho, José, um sonho de sete dias, sete capítulos, sete revelações inacreditáveis escritas em cursivo vertical, cada sonho em parágrafos numerados como os versículos da Bíblia, num maço de folhas de papel dactilografadas num dos lados sob o timbre do

---

20   Guarda-fato – guarda-roupa.

21   IARN – Instituto de Apoio ao Retorno dos Nacionais, criado nas vésperas da independência de Angola, para apoiar os portugueses que emigravam para a terra-mãe.

estado-maior das FAPLA[22], onde o irmão militar trabalhava. E lhe entornou os grãos de areia desse sonho. Os olhos de Hermes Sussumuku escorriam orvalho quando lhe disse meu mano, vamos embora, vejo a tua sombra presa na língua dum camaleão.

7. A meio da manhã, o percurso da Estalagem até à estação do comboio de Viana está enternecido de riso. De cada casa saem gargalhadas frenéticas. Dos passeios esvoaçam risos como chapas de zinco levantadas pela tempestade. Só os aviões se mantêm a salvo da histeria colectiva, longe do contágio das gargalhadas.

Quando soam as 11 badaladas solares, muitas famílias daquele perímetro já esqueceram as desavenças domésticas, os guardas da cadeia de Viana estão a rir às gargalhadas, os bandidos mais perigosos são o riso em pessoa e o director da penitenciária ilumina o rosto tradicionalmente carrancudo com uma risada histérica e manda soltar os presos de tanta gargalhada apaziguante e tolerante.

À mesmíssima hora, na colina de São José, o comandante--em-chefe se reúne de emergência com o ministro da Guerra Civil, o ministro da Terra Interior e a ministra da Doença.

– Ainda não temos um diagnóstico conclusivo – anuncia a ministra da Doença –, temos de conseguir uma amostra humana, para uma análise mais concreta e realista.

Então, o comandante-em-chefe aprova a proposta do ministro da Terra Interior de enviar um esquadrão da brigada antissensorial criada uma hora antes e municiada com máscaras

---

22 FAPLA – Forças Armadas Populares de Libertação de Angola, formadas pelo MPLA em 1974 e englobadas às Forças Armadas Angolas (FAA), o exército nacional, em 1991.

antigás, abafadores de ouvidos e óculos de soldador, a fim de analisar e reportar a situação. A brigada jamais regressa à base. De tanto se rirem, despem as armaduras faciais, deitam fora as armas letais e rebolam pelo chão. Tipo candengues. Fardados. Quando liga o walkie-talkie, sua excelência o ministro da Terra Interior só recebe gargalhadas.

– Porra, isto está tudo fudido! – repete ele para os seus botões.

Envia então, de seguida, outra unidade de luta antissensorial helitransportada, com uma espingarda de adormecer quadrúpedes, pedida emprestada ao mais velho caçador da capital, Artur Maluco do beÓ. Um mulato grão-mestre em transformar Volkswagens em Buggies de rodas grossas e capaz de outros milagres da mecânica improvisada. Sempre de chapéu a cobói como o apóstolo brasileiro Valdomiro Santiago – o milagreiro da televisão. Artur Maluco de olhos zelosos e pele tisnada pelo sol. Até hoje, conduz o mesmo Land Rover modelo antigo, equipado com faróis de longo alcance no tejadilho onde amarra as pacaças[23] abatidas como troféus de guerra. Os dardos entorpecentes são restos de uma empreitada que fizera nos anos 80 para o governo, quando se quis reabilitar o jardim zoológico da Ilha de Luanda. Só que a onça importada da África do Sul acordou do seu sono induzido, saltou sem ninguém se aperceber e matou com uma simples patada o cameraman sul-africano que viera para zoofilmar a reabilitação. De imediato, foi a besta abatida a tiro por um dos seguranças destacados para a operação. Assim acabou o zoo em Luanda.

---

23 Pacaça (do quimbundo "mpa'kasa") – búfalo-africano.

– Isolem-se no ar, façam várias rondas por todo o espaço risível, até ao limite do combustível do helicóptero. Procurem anestesiar pelo menos uma pessoa que esteja a rir a sério num local mais isolado do resto da população, lancem a rede e icem-na para o helicóptero. Precisamos de uma amostra dessa epidemia de riso! Já!

Meia hora depois, ei-los de regresso à base com informação altamente confidencial que não me é permitido revelar, por força da lei dos crimes contra a segurança do Estado.

Com base nessa informação classificada, às 12 horas em ponto, a rádio nacional pede a todos os cidadãos que fiquem em casa. Ninguém deve sair à rua. Nem mesmo as zungueiras e zungueiros que vivem todo santo dia a vender na rua. Com efeito imediato, o comandante-em-chefe decreta o estado de emergência, e ele próprio e os restantes membros do restrito conselho de segurança nacional voam de emergência até à Ilha de Santa Helena, com a permissão da rainha Isabel II. Aí, ligam os computadores para uma conferência via Zoom com as grandes potências do conselho de segurança da ONU a fim de analisar a informação classificada sobre o contágio de riso. Qual o perigo que aquele inusitado surto epidémico de riso poderia trazer à Humanidade? O riso é o símbolo da tolerância, a tolerância é o fim dos conflitos de toda a espécie e, sem conflitos, como iriam as grandes potências dar de comer aos operários das suas fábricas de armamento e munições? Não é por causa da produção de armas e munições que se criou a teoria dos conflitos de baixa intensidade? Agora, se este surto virar pandemia, até os talibãs no Afeganistão, os palestinianos na Faixa de Gaza, os jihadistas do Iémen e da Al Qaeda, os guerrilheiros do Boko Haram na Nigéria e todos os insurgentes desde o Sri Lanka até aos confins do planeta gargalhariam agarrados uns aos outros, ninguém mais conseguiria apontar a arma contra o seu irmão.

É verdade que rir é o melhor remédio, mesmo para os conflitos armados, e é com base neste provérbio que começa esta estória tradicional sem graça nenhuma, neste dia 30 de agosto de 2020, em que Tony Caiande, como sempre faz há mais de quarenta anos, vai à casa de mamã Zabele ao domingo lhe beber o café fervido na chaleira sobre as brasas de carvão. Café cuja espuma de fervura se apazigua com uma brasa, por isso o aroma sai do bairro Operário e olfatiza toda a urbe: quando uma rapariga sentada nos bancos do meio do candongueiro tem um súbito e imprevisível ataque de riso junto à paragem da Estalagem, quem vai para Viana.

– Porra, agora é que este país vai morrer de riso! – argumenta o ministro da Terra Interior.

O PRIMEIRO SONHO DE
HERMES SUSSUMUKU

1 *No primeiro dia do meu coma, eu, Hermes Sussumuku, vi três elefantes.*

2 *O primeiro elefante tinha cabeça vermelha, uma estrela amarela na testa e todo preto era o resto do corpo; o segundo tinha cabeça branca, corpo amarelo, com uma faixa oblíqua vermelha ao longo do corpo e uma estrela branca a dividir a faixa de cada flanco; o terceiro tinha cabeça verde e corpo vermelho, um galo preto poisado no dorso: o galo preto tinha uma crista rubra da cor da alvorada.*

3 *Estavam os três elefantes sentados num jango[24], situado numa clareira no centro de uma grande lavra de mandioqueiras. O jango recebia a sombra de um imbondeiro secular com cinco metros de diâmetro. Ao redor, dezenas de cajueiros, mangueiras, algumas mafumeiras muito altas, árvores de jaca, palmeiras, maboqueiros e matebeiras[25].*

4 *Os três enormes animais de cores garridas conversavam com sotaques autoritários de grandes mwatas[26], enquanto suas trombas flácidas bebiam maruvo[27] de uma enorme cabaça aberta pela metade. Conversavam e riam.*

---

24   Jango – espaço circular com pequeno muro e teto de capim, usado para reunião ou assembleia popular na aldeia.

25   Matebeira – pequeno arbusto com folhas do tipo da palmeira brava (mateba).

26   Mwata – chefe tradicional.

27   Maruvo – vinho de palma.

5 De repente, os dois primeiros elefantes começaram a lutar ferozmente por causa do maruvo, a ponto de o segundo elefante partir um dos dentes compridos que ficou suspenso do músculo da boca. Este elefante da faixa branca a dividir o corpo com uma estrela branca no meio fugiu a sete pés do jango para o descampado, deixando o dente perdido sobre as mandioqueiras desfeitas e a sangrarem uma seiva mais vermelha que o fim do pôr-do-sol sobre as águas do Atlântico, visto da fortaleza de São Miguel, antes da Ilha de Luanda.

6 Então o elefante da cabeça vermelha barriu contra o terceiro, lhe assoprou da sua tromba vermelha um vapor de fósforo nos olhos e o elefante da cabeça verde ficou cego e começou a andar às arrecuas para fora do jango, se embruteceu contra o caule de um cajueiro que caiu com um estrondo de fim do mundo e ele também caiu com a árvore e foi arrastado pela luz da lua sem ver nada à sua frente, até desaparecer, enquanto o galo preto voava para os céus, deixando pelo caminho um funeral de folhas de kizaka[28] e mandiocas arrancadas que soluçavam com um som rouco de dikanza[29] gasta.

7 No jango ficou sozinho o elefante de cabeça vermelha, corpo preto e estrela amarela na testa a beber o maruvo, sentado num trono.

8 Acordei do meu sonho e vi a gorda enfermeira, dona Catarina, me segurando a mão, pra me dar banho. Eu não falava. Nem podia mexer um músculo sequer. Só via e ouvia.

---

28   Kizaka – folhas de mandioqueira.
29   Dikanza – bordão recortado que produz um som rouco para fazer o compasso da música.

II – PORTOSSO, O ZAIKÓ
LANGA-LANGA
Música: "Farra na madrugada", dos Jovens do Prenda

1. Portosso mora até hoje no terceiro andar do prédio mais perto do bronze da independência. Tony Caiande nunca lhe perguntou se vivia de outros salários. Lhe comprava uns bons tacos de diamba[30], aquela bem tostada de Malanje. Tony começou a fumar em 1980, quando teve a certeza de que a sua garina[31] Joana nunca mais iria voltar. Podia ser que estivesse num campo de reeducação algures no interior. Quando se deu a amnistia geral, em 1979, saiu do autoconfinamento de dois anos e foi logo contemplar o rosto inconsolável de mamã Zabele, na esperança de encontrar traços da sua noiva. Quando uma filha única sobrevive a uma hecatombe, é possível, logo ao primeiro olhar, detectar sinais nos olhos da sua mãe. Mamã Zabele lhe abraçou com força de partir costela e só parou de chorar quando desfaleceu contra o corpo de Tony Caiande.

Meses depois, o presidente da estátua da independência, que tinha decidido que não haveria perdão para os golpistas, morreu em Moscou. Com ele morreu a esperança de Tony voltar a se

---

30   Diamba ou liamba – *cannabis sativa*, maconha.

31   Garina – namorada.

enluarar da luminosa inocência de Joana. Um dia voltou lá à casa da mais-velha e, quando José saiu, entrou no quarto do amigo. Procurou e encontrou a pistola Makarov bem escondida sob o colchão. Pegou nela decidido, pôs o cano dentro da boca e disparou. Soou um clic seco. Filho da mãe do Zé, tirou o carregador!, falou para o tecto do quarto.

Nos dez anos seguintes, Tony fumou e bebeu a ex-namorada. Provou todo tipo de bebida que se fabricava ou se importava nesses anos de crise. Desde as quatro marcas de cerveja, Cuca, Nocal, Eka e Ngola, até kaporroto[32] das ponteiras, quimbombo[33], uísque de Benguela, já nem ele agora se lembra da marca, ah!, eu me lembro, Sbell, os famosos garrafões ou capacetes de vinhos Encosta na Aldeia e Mosteiro, importados de Portugal pelo ministro Beto Kisuco, sem deixar de varrer com os próprios cubanos ou sozinho o famoso rum Cuba Libre e outras zurrapas que não vale a pena estar aqui e elencar, por causa dos vómitos que lhe custaram. Aos quarenta anos de idade, Tony parou. A diamba, o cigarro e a bebida. Só tomava chá às refeições, depois das refeições e ao dormir. Aprendera esta arte de beber saúde quente com uma namorada japonesa que fora trabalhar por cinco anos na embaixada alemã. O crédito desta reviravolta tem de ser, também, atribuído às insónias, conselhos e quase desespero do sr. Malaquias, seu pai.

Nesses dez anos de odisseia no barco vazio da cidade, conheceu Portosso, o zaikó[34] do terceiro andar do prédio vizinho do

---

32 Kaporroto – bebida destilada à base de milho fermentado e de fabricação caseira. O das ponteiras é o primeiro líquido escorrido do alambique, de melhor qualidade.

33 Kimbombo – bebida artesanal fermentada.

34 Zaikó – angolano refugiado no Zaire durante a luta de independência e que regressou.

bronze da independência, através de um amigo comum, grande cangonheiro[35] na calada da noite, que vestia roupas finas e só calçava sapato creme, Canda Monteiro de sua graça, jornalista da agência estatal. Um dia, lá no apartamento de Portosso a comprar uns tacos, conheceu o sorriso de Zinaia.

– Cumé, camarrada Tony, este é o meu irrrmã, Zinaia.
– Bonita, a irmã.

Ele próprio não registou com detalhes a mútua atracção. No mesmo dia, saíram juntos e ele rugiu como um leão sem cauda na sanzala[36] do ventre da irmã de Portosso, a Zinaia, na arrecadação de madeira dos fundos do quintal, quando o pai já estava no terceiro sono. Sem mais delongas, sem camisinha, sem nada. É assim que muita gente contrai a doença chamada morte. Mas ele não tinha contraído a morte. Ele já estava meio morto lá dentro, no contraponto da comunhão humana. Zinaia era um beco bonito sem saída. Só de a ver, já a saída fechava. Tinha uns seios do tamanho das goiabas pequenas do quintal do Sô Martins, o dono da loja perto da casa deles, no Bungo, naquele tempo antes dos movimentos de libertação. Tinha uma cintura tão fina como uma caixa de fósforos. Tinha uns olhos rasgados com uma faca de tricotar anjos no céu da tua imaginação, caro leitor. E uns glúteos redondos como a rotunda da Chicala, ali onde o mar foge da ponte da Ilha e redonda a arte circular de uma baía mansa. Se encarnou na carne dela com tal veemência, até lhe saírem dos olhos em voo simétrico 64 espíritos do fogo, verdes como uma aurora boreal, exactamente como foram desenhados

---

35 Cangonheiro – fumador de liamba.
36 Sanzala – residência de um soba.

nos últimos esquissos do pintor Viteix, no seu atelier ali no primeiro andar do sobrado do prédio Dantas Valladas, no Largo da Portugália.

Quando o comboio do tempo apitou 490 badaladas daquela mútua reincarnação, Tony teve um xinguilamento sobre o corpo nu e suado de Zinaia, a irmã de Portosso. Ali na arrecadação de madeira dos fundos do quintal, o leão sem cauda que rugia abaixo do seu umbigo se transfigurou entre os lençóis do luando. Eram três horas da manhã. O leão sem cauda voou até ao céu nocturno e formou um arco-íris que abraçou Luanda na sua curva por sete dias seguidos. Tony fixou as sete cores do arco-íris com tanta devoção, que nas suas veias penetrou a luz ainda trémula das estrelas já extintas há trinta milhões de anos.

2. Depois dessa inaudita forma de amar o próximo, sem tir-te nem guar-te[37], Zinaia viajou para o Soyo, na casa da tia retornada do Zaire[38]. Quando soube, o seu kamba[39] Portosso profetizou em kikongo:

– Nzambi Zeye![40]

Tony tocou um teclado triste. Lhe doía o umbigo de saudades. Foi matá-las na ngwenda[41] com novos amigos: man Rufas, dom Corleone e dom Fernas. Man Rufas trotava uma carrinha Toyota dyna da empresa. Saíam às sextas, às 22 horas, directos para a discoteca Animatógrafo. Ali Rufas tinha mesa reservada

---

37   Sem tir-te nem guar-te – sem aviso prévio.

38   Zaire – atual República Democrática do Congo.

39   Kamba (quimbundo) – amigo.

40   Nzambi Zeye (kikongo) – Deus é que sabe!

41   Ngwenda – boemia.

com uma garrafa de uísque Passport repartida por consumos diferidos. Hoje o Animatógrafo é apenas etílica e desbundante lembrança na cabeça branca de kaluandas[42] como Rufas, dom Fernas e dom Corleone. À porta do Animas havia sempre umas cinco ou seis garinas[43] na flor da juventude. Numa sexta-feira santa, cada um pegou na mão de cada uma e entraram. Dançaram e beberam até às três da manhã. Foi nessa era que saiu a canção "Urgent", dos Foreigner, e, aqui na banda, Proletário tinha lançado "Scania 111" e Carlos Burity aconselhava Minguito a ir para a escola, num semba[44] kimbundu de rodopiar na pista de dança até o suor te inundar como o mar da contracosta. Aí, inundados de suor como o mar a bater antigamente nas rochas da contracosta frente ao hotel Panorama, hoje só memória de paredes carcomidas pelo insecto voraz do abandono, os quatro kambas sentaram-se com as quatro garinas nos pufes e foram devorando o uísque Passport com Coca-Cola e bastante gelo.

Saíram para beber a própria noite cheia de estrelas no céu aberto de novembro, depois das primeiras chuvas. Oito pessoas não cabem na cabina de uma carrinha; mesmo para irem ao Animas foram dois atrás, na carroçaria, por solidariedade, o Tony e o dom Corleone, e também não cabiam na arrecadação de madeira dos fundos do quintal da casa do Bungo. Foram até o Maculusso. O Rufas bateu à porta do apartamento do Mancams, no rés-do-chão:

---

42   Kaluanda – natural ou habitante de Luanda.

43   Garina – mulher jovem.

44   Semba (quimbundo) – umbigada. Origem da palavra "samba" e nome de um outro ritmo e estilo de dança popular na Angola.

– Quem é? – voz de Mancams, breve como fósforo, arrastada e chateada como uma chata[45] de pesca encalhada no areal. Mancams era um laton de 17 anos, troncudo como uma pacaça.

– Somos nós, eu, o Rufas, o Corleone, o Tony e o Fernas, pá. Temos aqui umas garinas, podes nos ceder o espaço?

Entraram. Rufas foi breve e rápido:

– A mulata é minha!

A mulata tinha dançado toda a noite com Caiande. Mas ele era o dono da carrinha. Caiande cedeu e ficou com outra garina, já nem me lembro o nome dela.

Caiande dormiu a sua garina suavemente no tapete da sala. Já tinha dado a primeira, quando entra de caxexe[46] o man Rufas:

– É pá, ó Tony, chega aqui. – E sussurra-lhe: – A mulata está de sangue. Podes me ceder a tua?

Por princípio, Caiande nunca partilhava água doce de mulher. De manhã, na casa de banho, deu mais uma de pé, ela virada para o espelho.

Dois dias depois, no banho, notou uma cor rosada do tamanho de um grão de milho de pipoca na virilha direita. Mostrou ao seu amigo Fernas:

– Isso é flor do congo, Tony, estás fudido!

Tony esfregou a flor do congo com álcool a noventa graus, abriu uma ferida maior que a florzinha e continuou a esfregar feroz e pacientemente todas as noites, antes de dormir, durante três dias seguidos, até ela secar. Desapareceu por completo, uma semana depois. O medo, afinal, é um bom incentivo contra a

---

45 Chata – barcaça de fundo chato.

46 De caxexe – de mansinho.

ngwenda. Sorte deles é que nesse tempo ainda não havia sida. Mesmo sem saber que um dia haveria ela de vir ao mundo, Caiande decidiu nunca mais arrastar uma garina desconhecida para a cama. Foi nessa época remota que decidiu deixar de beber. Um dia ficou gripado e tossiu para a sanita[47] pequenas manchas pretas:

– Isso é alcatrão, Tony, estás asfaltado por dentro – sentenciou o Fernas, que o tinha como irmão menor.

Desde essa expectoração alcatrina, parou de fumar diamba e qualquer tipo de cigarro.

3. O dia seguinte era um sábado. Tony convidou Portosso, o zaikó, retró ou langa-langa, como eram classificados os retornados do Zaire. Vocês não sabem, mas esse xingamento sólido contra os zairenses e retornados dos Congos nasceu por via das tropas que Mobutu enviara em 1975 para apoiar um dos movimentos sobre o qual se propalou a publicidade em altas parangonas que comiam corações humanos. A calúnia e o ódio excitam muito mais a consciência colectiva do que o elogio e o amor ao próximo: hoje, o tal movimento, que já fora um colosso nos anos 60 e 70, é uma sombra fugaz de si mesmo. Portosso, o retró que vendia diamba no terceiro andar do prédio mais vizinho do bronze da independência, aceitou o convite e os dois foram ali ao restaurante São João, na bolacha[48] que desliga a rua Che Guevara da rua Fernão de Sousa (o governador padrinho da rainha Njinga Mbandi) com a rua da Liga Africana, e Tony lhe pagou três búl-

---

47 Sanita – bacia turca, instalada no pavimento.

48 Bolacha – rotatória.

garos de cerveja. Para quem já não se lembra, para quem nunca bebeu, ou para quem nasceu depois das primeiras eleições em Angola, o búlgaro era um copaço de cristal de um litro de cerveja, importado cheio de cerejas verdes da Bulgária (se não eram cerejas, então era uma fruta que nunca se viu antes em Angola, porque eram verdes e o rótulo estava em língua eslava), conserva frutada que depois os bares, na falta de copos, recuperavam das famílias e vendiam dentro deles a geladinha do barril. Por cada búlgaro, o cliente devia comer dois pratos de arroz branco com peixe carapau frito. Portanto, feitas as contas de cabeça, isso deu 12 pratos, amontoados sobre a mesa, dos quais eles só comeram um cada um, mas beberam os búlgaros e saíram do bar meio zaranzas. Assim Tony disse adeus à bebida com pompa búlgara e circunstância de carapau. Nessa mesma noite, sonhou que voltou a ser carne da mesma carne de Zinaia até de manhã, carne fumada na diamba, e ela esqueceu sua carne coberta de pele negra de ébano lá no alpendre do pai de Caiande e teve de sair às escondidas, quando o pai de Caiande foi visitar um amigo nas redondezas. Acordou ao som das batidas do pai na porta do alpendre o que é que estás aí a sonhar até estas horas da tarde, ó rapaz, olha que já é meio-dia, vamos almoçar.

4. Durante anos a fio, mamã Zabele chorou a fotografia da filha, porque nunca pôde chorar o cadáver. Hoje, Joana teria 59 anos. Zabele estaria a pôr colheres de papa de milho na boca dos bisnetos que nunca viu. Os dois estão aqui sozinhos, nesta manhã de 30 de agosto de 2020. O filho mais velho, José, coronel na reforma, dois anos mais velho de António, ainda não regressou do matutino diário, com uma mochila militar cheia de pedras, do bairro Operário até Viana. São 11 horas. Tony não tem pressa

de sair da casa de mãe Zabele. Ela e José são praticamente a única família chegada que lhe resta. A mãe era filha única. O pai deixou toda a família dispersa durante a guerra civil. Conheceu um tio na Zâmbia e uma tia na Namíbia.

– Témanhã, mãe Zabele. Ah, nem lhe disse nada, desculpe, mãe, hoje você está uma rainha bessangana, com esse traje riscado. – Se despede da velha com um beijo na face.

Dá o clic na chave do Kia Picanto e do rádio sai a voz de Salif Keita, cantando "Nyanyama". Vem da pen drive inserida no reprodutor com mais de setecentas canções de todo o mundo. Até a Austrália tem voz no carro de Tony. A primeira pasta da pen é música de África. Começa com "Semba Lekalu", de Urbano de Castro, e Oliver Ngoma fecha com "Nge Spirit".

Ao fazer a curva de terra batida para sair do beÓ e entrar no asfalto, trava para dar passagem a um camião de água dos cubanos que vivem ali perto do campo de futebol. Luanda é hoje uma cidade sem espaços de lazer, sem jardins para as crianças brincarem. Havia ali perto do palácio de São José o mais concorrido parque infantil da capital, o parque Heróis de Chaves. Extenso, com um vale no meio, e cheio de árvores. No tempo em que a única coisa impossível de acontecer em Angola era insultar publicamente o comandante-em-chefe e sobrar para contar a ousadia, roubaram o parque às crianças e, no espaço roubado, fundaram três salões de festas. Luanda virou uma cidade de desbunda. Há música alta por todo o lado. O único campo de futebol onde jovens e até jogadores da velha guarda podem ainda espairecer e desenferrujar as pernas é o campo de futebol do beÓ, mesmo ao lado da casa-oficina de Artur Maluco. É ali onde Tony faz o gosto ao pé, com chuteiras de couro, meias altas e todo o uniforme do Bayern de Munique comprados na Alemanha. Nas rodas dos amigos, mesmo sem beber a tão apetitosa birra[49] bem gelada, Tony recorda estes três nomes da selecção alemã: Lothar Matthäus, Franz Beckembauer e Karl-Heinz Rummenigge e as suas façanhas a marcar livres directos. Parado na curva, vê aproximar-se da janela uma mulher a pedir dinheiro, com o filho ao lado. Dá-lhe uma nota de quinhentos kwanzas. A mulher tem o aspecto de um porta-aviões. Peito vasto e barriga pronta para a descolagem de pequenos caças. Recebe a nota de quinhentos kwanzas, sussurra *que Jésus vous bénit*, os lábios grossos sob a face quadrada de cabelo ralo sorriem, atravessa a rua e vai estender roupa sobre um pau encostado ao muro defronte a uma oficina de reparação de viaturas. De repente, amarra-se-lhe um nó na boca do estômago. Aquela mãe não é uma simples pedinte. O vão entre a oficina e o parque de espera das viaturas é a sua casa. A mulher tem um penso grande de sangue enferrujado na perna direita. Dezenas de brinquedos espalhados no passeio ofertados ao filho por quem ali passa. O menino, de 12 anos, ainda dorme tapado nos panos, naquele Cacimbo[50] de 2020. Caiande estaciona o Kia, aproxima-se da família de rua e fica a saber no franco-lingalês[51] da mãe: é refugiada da RDC, um país eternamente adiado desde a morte de Lumumba, em 1961. O governo de Angola estava a repatriar todos os refugiados que, aos milhares, entravam pela fronteira do Luvo. Esta é uma das congolesas que jamais voltará para a sua

---

49 Birra – cerveja.

50 Cacimbo – em Angola, estação de maio a agosto considerada "seca" pela falta de grandes chuvas e caracterizada por uma névoa intensa.

51 Lingalês – lingala, língua banto falada na República Democrática do Congo.

terra. As mais novas engrossam a mais velha profissão do mundo na Baixa de Luanda e no bairro Cassenda, junto ao Aeroporto Quatro de Fevereiro. Amealham para o passaporte angolano e o bilhete de passagem na Air Marrocos até à Bélgica. E isso pode levar uns três ou quatro, mesmo cinco anos. A mulher de rua é velha e quadrada demais para dar o corpo ao manifesto noctívago. Recebe de Caiande outros quinhentos kwanzas com as duas mãos e o sotaque rendilhado da ex-colónia belga. Se eu fosse Deus criava agora mesmo uma casa para esta mulher de rua e o seu filho, sonha Tony Caiande, todo-poderoso, ao pegar no volante do carro.

5. São 12 horas, diz o relógio do carro. Liga o rádio: "Atenção, caros ouvintes, muita atenção. O Ministério da Terra Interior agradece a todos os cidadãos que, estejam onde estiverem, regressem imediatamente a casa e não saiam até novas ordens. Foi detectado um surto de riso na paragem de táxis da Estalagem, surto esse que já se propagou até ao cemitério de Santa Ana. Fique em casa. Em breve teremos más notícias."

Caiande acelera o Kia. Sabe perfeitamente que não seriam más notícias. Seriam mais. Esse locutor não aprendeu na escola a diferença entre a conjunção e o advérbio, comenta para o volante da viatura.

– Surto de riso? Que coisa mais estranha!

A ordem é ficar em casa. Abre o portão grande e estaciona o carro, apreensivo. Kapuete, o cão de olhos de anjo, com o rabo a ponteirar o ar, olha para Tony e fica à espera do leve toque no cangote. O seu melhor amigo quase não o vê. O cão olha para cima, o pescoço a acompanhar a caminhada de Caiande para a porta da casa – uah!, cicia, hoje o Senhor Tony não se encontra nada bem.

Tony Caiande perdeu o apetite. Entra no quarto e adormece.

6. Até à descoberta da verdade, a restrita cúpula do conselho de segurança nacional capitaneada pelo comandante-em-chefe continua retida na Ilha de Santa Helena, sob o beneplácito da rainha Elizabeth II, não vá o diabo tecê-las, e a cúpula supradirigente do país acorda uma manhã com sintomas de riso. A ONU despacha de urgência uma delegação mínima de cinco representantes de cada uma das grandes potências – Rússia, China, Inglaterra, França e Estados Unidos da América – até se conhecer concretamente qual a origem da histeria de riso em massa que ameaça Luanda. Este encontro urgente é globalizado via Zoom desde a Ilha de Santa Helena até ao palácio de São José, onde se encontram de quarentena os membros do Executivo.

– Aí é que está o busílis da questão – diz um dos grandes conservadores do Conselho de Segurança da ONU, reunidos na ilha onde morreu Napoleão. – O mundo não pode progredir sem guerra. É preciso acabar com a paz e a tolerância.

O representante chinês responde com a precisão e a contundência pragmática da sabedoria de Confúcio:

– Saibam vossas excelências que não é o busílis da questão, mas a bílis, que a torna amaríssima – e prontifica-se a enviar urgentemente sete aeronaves de carga com trinta milhões de óculos escuros que deformam a realidade, um para cada cidadão do país ameaçado. – O seu uso impedirá o utente de captar a essência do vírus. Os nossos cientistas estão muito avançados nesta matéria. Daí a prolongada estabilidade político-social e o crescimento económico da China. Um dia, quando poeira assentar – conclui o chinocas, num português globalizado –, Angola vai pagar com petróleo.

– Enquanto os óculos não chegam – propõe o ministro das Obras Público-Privadas no ecrã do seu telemóvel[52] a partir do palácio – sugiro a construção urgente de um muro a separar a população até onde o contágio tiver se propagado e cujo perímetro está desde ontem desenhado pelo Ministério da Terra Interior.

O conselho de segurança nacional concorda por unanimidade. A obra fica de imediato orçada em cinco mil milhões de euros, reserva do fundo soberano. O ministro das Obras Público-Privadas esfrega as mãos de contentamento, pois cada contrato tem sempre uma micha[53] escondida que vai para a conta pessoal de quem o assina, assim anda o mundo, não fui eu que o inventei, quando eu nasci já cá havia contratos por assinar, todos eles com a micha e não sei nem quero saber quem inventou essa nova palavra em Angola. Micha. Ou será mixa, com xis? A PGR[54] mandara prender preventivamente o presidente do fundo soberano, dois anos antes, porque este tinha investido a reserva num paraíso fiscal, com a ajuda de um seu amigo suíço, que também ficou detido. O dinheiro demoraria a voltar para os cofres do banco nacional de Angola, mas o governo comunista-capitalista da China fez um empréstimo resolúvel em petróleo, em forma de placas pré-fabricadas transportadas numa ponte aérea de mais de setecentos voos cargueiros desde Huizhou, o maior polo industrial da República Popular da China, onde Donald Trump, o maior construtor de muros do século XXI, havia deslocalizado,

---

52 Ecrã do telemóvel – tela do celular.

53 Micha – comissão.

54 PGR – Procuradoria-Geral da República em Angola.

décadas antes, o seu complexo de muros pré-fabricados que dividem o planeta em jardins de flores que não se cheiram e jardins de flores que se cheiram.

7. Lá pelo meio da tarde, pelo sim, pelo não, o executivo e os grandes multimilionários se transferem para a Ilha do Mussulo, com a anuência do comandante-em-chefe. É que, agora junto ao cemitério da Santa Ana, a tolerância risível é geral e cresce a cada passo. Já se começa a ouvir um trotezinho de riso, uma coisa assim como um gargalhar muito distante de hienas no faro de gazela indefesa. Mas esse fiozinho de riso insosso não avança pela zona nobre adentro. O ministro da Terra Interior e os seus cartógrafos conseguem desenhar no mapa de Luanda as fronteiras do contágio: a grande linha tem como ponto nevrálgico o estádio da cidadela desportiva, sobe para norte até à Praça de São Paulo, e termina na Boavista, depois do Porto de Luanda. Desce para sul por detrás dos marcos dos aeroportos nacional e internacional, faz um desvio para sudoeste fugindo do bairro Rocha Pinto, e se fecha no mar pela linha interior do morro da Samba. Como e por que é que o riso não entra nesta linha é um mistério só revelado aos profetas, que agora perderam os poderes devido à monetarização do pensamento humano na Terra toda.

8. Entretanto, por ordem do ministro da Terra Interior, é instalado um cordão sanitário desde o cemitério de Santa Ana até à cadeia Comarca, para norte, e até ao morro da Samba, para sul. Todo o exército, com a sua técnica defensiva, todas as forças de polícia, incluindo a brigada canina, a polícia montada, e até as sombras invasivas dos serviços são mobilizados. Para evitarem o contágio, os cirurgiões da capital cosem a boca de cada operativo,

seus cães e cavalos, com a ajuda paga de todas as costureiras e alfaiates da zona não contaminada e tapam os seus ouvidos com cera transgénica, até que cheguem os óculos escuros. Com essas duas protecções, não podem escutar nenhuma gargalhada contagiante, nem rir da desgraça dos seus compatriotas do lado onde nascera a epidemia com origem num candongueiro. O único alimento, para este cordão sanitário humano e os seus parceiros quadrúpedes, é o soro intravenoso musculado de multivitaminas. O Ministério da Doença reuniu o único patologista do país e uns quantos epidemiologistas em conselho consultivo e adoptou uma terminologia científica para a nova epidemia: Surriso (surto de riso). Na Ilha de Santa Helena, o comandante-em-chefe aprova por unanimidade absoluta Surriso. É engraçado! Homófona de sorriso! E decreta uma sonora gargalhada a quatro tempos ah, ah, ah, ah!

O SEGUNDO SONHO DE
HERMES SUSSUMUKU

1 Eu segurava o meu próprio pénis na mão esquerda como uma coisa estranha ao meu corpo.

2 Analisei-o milimetricamente e registei o esparso pontilhado de manchas pretas nidificadas no telhado da glande. Recordei-me do corte cirúrgico da kinhunga[55], aos 15 anos, operado pelo enfermeiro que me fechou a carne com linhas de coser, lá em Malanje. Levou quase um ano a cicatrizar. Mas por que raio havia eu de ter o pénis fora do lugar, em estado de análise introspectiva? Que milagre faria eu para, após a observação biocrítica, recolocá-lo entre as virilhas?

3 A madrugada raiava timidamente. Eu estava de pé no passeio. Vi uma fileira comprida de camaleões camuflados de verde. Passavam cada casa a pente fino. De cada casa puxavam pelas janelas palmeiras em miniatura com as línguas sugadoras.

4 De repente algo me chamou a atenção: as duas últimas palmeiras tinham olhos. Os olhos da primeira eram iguaizinhos aos do meu irmão José e os da segunda eram os da minha irmã mais nova, Joana.

5 O camaleão que recolhera a palmeira com os olhos de José tropeçou no passeio e a deixou cair à porta da casa. Ao cair, essa palmeira perdeu parte da casca e todas as palmas. Então, de raiva, o camaleão rasgou-lhe a parte sem casca com unhas e dentes.

---

55 Kinhunga (quimbundo) – prepúcio.

6 *Suores frios inundaram o meu peito. Já não conseguia recolocar o pénis no lugar determinado para a reprodução da espécie. Tentei gritar. Numa circunstância inédita como aquela, o melhor seria orar. Mas a voz não saía. Comecei a entrar em pânico. Fiz um esforço extremo para clamar por Jesus de Nazaré, o Profeta. Mas a voz não vozava.*

7 *Com um esforço inacreditável, consegui abrir os olhos. Cheirei aromas de muitas doenças humanas. Estava numa cama pequena de hospital. Assim eu, Hermes Sussumuku, sonhei o segundo sonho do meu coma de sete dias.*

III – A REINVENÇÃO DO PRETO
Música: "Wawé mwangolé", de Artur Nunes

1. José Sussumuku, coronel na reserva, não sorri desde finais de julho de 1979. Por isso, como mais tarde se verá, é imune ao Surriso, que infecta as pessoas do outro lado do muro. Pula o muro e vai até Viana, volta com a mochila de vinte quilos de pedras, sempre cara-podre[56]. Um dia, será detido pela polícia antissensorial e levado para análises, mas nada lhe poderão assinalar, o que deixará ainda mais intrigadas as autoridades sanitárias e o executivo. É que ninguém tinha o diagnóstico correcto do surto de riso, três dias depois do seu aparecimento. O secretário de Estado da Doença iria classificar José Sussumuku como assintomático e pediria à polícia antissensorial que deixasse o combatente da pátria pular o muro quantas vezes quisesse, desde que não trouxesse ninguém do outro lado nem arrastasse consigo alguém deste lado.

Mas José Sussumuku não tem nada a ver com essa assintomatologia do riso. O seu estado de seriedade fora induzido por um trauma. Uma semana depois que o tio dos serviços levou a irmã dele, foram prendê-lo no estado-maior. O pior veio depois. Foi torturado com cortes transversais e longitudinais de sabre no peito, nas costas e no ventre. Toda a zona do tronco de José

---

56 Cara-podre: sem-vergonha, atrevido, corajoso.

era um sofisticado museu de cicatrizes. Alguém na sala de tortura dos serviços tinha revelado à boca ensanguentada que o vira à conversa com o comandante Monstro Imortal, por três vezes, lá no estado-maior.

– Mas, camarada, eu tinha de receber os nossos comandantes, eu sou militar, como é que eu ia recusar os encontros com o Monstro Imortal?

– E o que é que falaram? O que sabes sobre os pormenores do golpe?

– O comandante Monstro Imortal foi lá três vezes só pra me visitar. Nos conhecemos na guerrilha, na primeira região, eu fiz parte da coluna Cienfuegos!

– Ah, então são vocês, os da primeira região, os do grupo do Nito Alves, né?

O carrasco de José era o Alicate, espadaúdo e com o olho direito preto-preto e lacrimejante como a angustiante solidão da noite no fundo de um rio. O camarada que o acompanhava era o comandante Kurrumá, chefe geral dos serviços. Este Kurrumá tinha seis olhos montados no corpo: os dois que nos nascem com eles, um no meio da testa, outro na nuca, o quinto olho se via quando abria a boca, incrustado no fundo da garganta – o olho do espanto – e o sexto olho ninguém lhe conseguia desenhar. Era assim que ele conseguia ter informação de tudo o que se passava em Angola.

Conversaram fora da sala de tortura:

– Camarada Kurrumá, o preso diz que o Monstro só lá foi à unidade dele para conversar. Eram amigos do tempo das matas – relatou o Alicate.

– Eu sei que eram amigos, tenho essa informação desde há anos. A irmã andava a dançar com o Nito. Por isso, o gajo deve estar a esconder-nos algo. E esse gajo do Sussumuku cruzava muito com o tal Betinho, o fraccionista do *Kudibanguela*, iam à casa um do outro. Dá-lhe mais uns apertos. Se for preciso, usa o alicate... mas não lhe deixes marcas no rosto. Pode ser que o gajo seja liberto, visto que conhece os mais velhos do burô político.

Durante cinco dias, o carrasco de José foi lhe cortando a superfície do corpo com um sabre tão afiado que os deuses sangravam só de olhar para o fio da arma branca. José Sussumuku nunca arranjou mulher por causa da tortura metálica do Alicate. Não lhe tocaram na cara. Mas quando despisse a camisa, causava estilhaços ao próprio espelho. Ficou detido durante dois anos, até à exoneração do director geral dos serviços. Ele próprio, exímio intérprete dos sonhos do seu irmão, nunca decifrou a razão de, em cada uma das 730 noites que passou no cárcere, reviver em carne e osso o dia 8 de novembro de 1974, quando, emocionado, chorou ao descer do avião que trouxe a primeira delegação oficial do MPLA vinda de Brazzaville. Agora mais velho, dá um mínimo sentido a essa visão onírica: foi para o maquis com apenas 16 anos. O sangue fervia-lhe nas veias como uma panela de pressão em plena cozedura do feijão. Queria vingar a morte do pai. Agora achava essa experiência um tanto ou quanto deletéria. Não foi isto que combinámos, diz José Sussumuku, hoje, com frequência, para José Sussumuku.

Nunca decifrou os seus próprios sonhos de vigília, mas sabe de mão-cheia que o estado de indiferença não lhe sobreviera devido aos cortes de sabre nem aos apertos do alicate. O que mais lhe destroça a alma é ter desprezado os sonhos do irmão, Hermes Sussumuku, escritos nas costas dos rascunhos dactilografados de ofícios sem serventia do estado-maior, e que ele sempre carregava para casa, para usar na casa de banho, pois o país estava numa crise tremenda, com a paralisação das indústrias e a fuga dos colonos.

2. O mês de maio daquele ano da independência tinha já vertido 13 madrugadas. A guerra dos movimentos lançara os primeiros disparos em fevereiro. Depois alastrou como um rastilho de pólvora. O patrão de Hermes, Zé das Molas, chamou o seu ajudante:

– Ó rapaz, dentro de uma, duas semanas, eu vou-me embora pra Portugal. Tu podes ficar a tomar conta da oficina e podes andar com a minha motorizada. Está aqui o livrete da mota. E estes são o alvará comercial e o título de propriedade da oficina. Se um dia puder regressar, ficamos sócios. Se não, fica tudo pra ti.

– Obrigado, Sô Zé. – Hermes juntou aos documentos as chaves da casa e da oficina de reparação de molas e ficou a olhar Sô Zé das Molas subir na carrinha do vizinho tuga em direcção ao aeroporto.

Hermes trabalhava com Sô Zé das Molas há ano e meio. Trabalhava na oficina de reparação de molas, só de biscate. Nas horas vagas. Nunca deixara o liceu. Dinheiro do salário dividia com mamã Zabele, nos gastos da casa.

Hermes nunca tinha conduzido mota. Mas Betinho, o vizinho que mantinha no ar o programa de maior audiência radiofónica, *Kudibanguela*, sabia equilibrar a sapiência sobre duas rodas. A amizade entre eles nasceu de serem quase vizinhos, um no bairro do Cruzeiro, o outro no beÓ. Criou cumplicidade quando Betinho lhe emprestou a primeira edição livre dos poemas de Agostinho Neto, publicada em Portugal, logo após a Revolução dos Cravos. Hermes leu e releu a Sagrada Esperança e começou a declamar alguns poemas. Quando dizia o poema "Crueldade", a voz tornava-se enfática e, no final, quando chegava ao verso "um bairro de pretos", quase não se ouvia. Lhe pediu para irem juntos, na Honda 50 herdada de Sô Zé, comprar lombo de vaca no Jumbo, cerveja e uma garrafa de uísque Sbell para festejarem a herança. Na curva dos Combatentes, ao virar para a esquerda, havia óleo no chão. A motorizada escorregou e ambos caíram arrastados alguns metros, Betinho sempre segurando os punhos da mota e ele cuspido a bater com a nuca na berma do passeio. José foi socorrido pelo irmão guerrilheiro e ficou sete dias em coma no hospital militar de Luanda. Só jantava soro intravenoso. O primeiro momento de saliência do seu eu interior adormecido foi quando, já no quinto dia, ouviu o médico de serviço falar para a enfermeira dona Catarina é estranho, este doente não apresenta grandes contusões, só essa pequena ferida na nuca, não fracturou o crânio. Não sei porque continua em coma. Dona Catarina, a enfermeira, colocou a sua única preocupação então, doutor, este menino tem salvação? Depois Hermes se moldou na espessura da sua noite branca, e os seus tímpanos só tornaram a vibrar no sétimo dia do coma.

3. A noite vem dormir nos tectos das casas do Bungo e sobre as copas verdes do Jardim do Éden, onde o camaleão é o único ser da criação de António Caiande ainda não baptizado. Desde o desaparecimento da sua eterna noiva, Tony Caiande jurara nunca se casar. Tinha até colocado um cartaz de sessenta por oitenta centímetros no meio da sala de estar, com esta autopublicidade SOLTEIRO MAIOR ATÉ À MORTE, retirada de um livro de máximas de Pitigrilli, para jamais se esquecer dessa jura. As suas

conquistas não avançavam além dos encontros e reencontros fortuitos. O namoro mais longo que teve depois que o anjo da morte lhe roubou Joana foi uma japonesa que fora trabalhar para a embaixada por cinco anos. Ficaram juntos dois anos. Cada um na sua casa. Depois ela partiu para outro país. Agora, o seu coração tinha franqueado as portas ao coração de Luciana, numa festa de alembamento[57], dois meses antes do Surriso.

4. O destino começou a preparar Luciana para ser sua mulher num meio-dia de início de julho, quando António Caiande entrou em casa, comeu uma banana, bebeu chá de caxinde[58], vestiu um bubu africano, perfumou-se, guardou a carteira dos documentos no bolso esquerdo da calça e saiu para a rua. Verificou se havia mensagens no telemóvel. Havia uma: "Tony, por favor, me arranja só 15 mil kwanzas. Estou mesmo a precisar." Vinha do número da sua ex-colega Milu, que trabalhava na secção do arquivo da embaixada. Milu estava separada do marido. Era mãe de quatro filhos que criava sozinha desde antes da separação. O ex-marido perdera o emprego. Mas a causa da separação não foi o vazio orçamental do marido. Ele batia na mulher, e esta ainda o amava, mas já não tinha corpo para a porrada do próprio homem que amava.

Tony respondeu, "Amanhã vejo a tua situação", e ia a entrar para o carro, quando uma mulher com dois filhos pequenos o aborda:

– Pai grande, desculpa. Tenho duas crianças, em casa não tem nada pra comer, mi dá só quarquer coisa, faxavor!

---

57 Alembamento (do quimbundo "kulembela" – ofertar, dar o dote) – cerimônia de casamento tradicional em que a família do noivo presta tributo, com bens materiais e monetários acordados previamente, à família da noiva.

58 Chá de caxinde – capim-limão.

Durante a semana, Tony já tinha distribuído um décimo da sua reforma a vários pedintes. Retirava do salário mensal o dízimo para os pobres. Naquele momento, esgotara esse dízimo. Amavelmente, respondeu àquela mãe:

– Mãezinha, não me leve a mal. Eu sei que a senhora tem fome, mas eu não sou ministro. Sou reformado, mãe. Não tenho como ajudá-la.

– Papá, não tem só cem kwanza pra me dar?

Mateus entrou para o carro, pôs a chave na ignição e saiu. Tinha uma cerimónia de alembamento marcada para as três horas. Muxima, irmã de um ex-colega, ia ser pedida. Muxima tinha quarenta anos. Mas nunca é tarde para se cumprir com os costumes da terra, disse ela quando o convidou.

Para ser respeitado, um homem deve ser sempre pontual. Isto lhe ensinara o pai, Malaquias Caiande. Isto ele reaprendeu quando um dia a televisão transmitiu um comício do primeiro presidente de Moçambique e este proclamou alto e bom som: "A pontualidade é um aspecto muito particular da disciplina." Chegou à casa da prima às 14h45. Foi petiscando uns salgadinhos regados com um copo de sumo de múcua[59]. Às 16 horas, depois de esperarem pelos convivas retardatários, lá teve início o alembamento, com a apresentação mútua das duas famílias. Está no sangue. O angolano nunca cumpre horário, falou para os seus botões.

Tomou a palavra o lemba[60] da noiva e foi indicando, pessoa a pessoa, os membros da sua família. Depois foi a vez do lemba do noivo. O lemba da noiva, um tio que tinha um nariz adunco

---

59 Múcua – fruto do imbondeiro (baobá).

60 Lemba – abreviatura do verbo "kulembela". Designa os tios de cada parte que oficiam no ritual do alembamento e são os porta-vozes dos noivos.

de gavião, perguntou ao seu congénere o motivo da visita dos familiares do pretendente. Conversa vai, conversa vem, a cerimónia entrou no seu ponto médio, quando o lemba do noivo fez a entrega do envelope com a carta de pedido de noivado e uma quantia em dinheiro. A carta tinha uma mensagem ligeira, onde o noivo declarava a sua afeição por Muxima e prometia casar com ela em data a anunciar.

O lemba da noiva contou 350 mil kwanzas e perguntou se a carta não se fazia acompanhar da tradicional quinda[61] com as ofertas de bens perecíveis. Então os familiares do noivo se levantaram e foram à busca dos presentes. Estenderam um pano grande no chão e colocaram por cima as ofertas. O lemba de nariz de gavião inspecionou e conferiu a oferta com a lista de pedido de noivado na mão. Estava tudo certo: 8 grades de cerveja, 8 grades de gasosa, 4 garrafas de champanhe, 4 garrafas de uísque, 2 garrafas de vinho do porto, 2 garrafas de Martini, 2 garrafas de Cinzano, 1 fato[62] de tamanho 50 (acompanhado de um par de sapatos número 42) para o tio mais velho da noiva, 3 panos wax, 2 pares de chinelos números 38 e 39 e 2 perfumes de senhora, para as tias mais velhas da noiva.

Terminados os preliminares, os convivas passaram a testemunhar a parte principal do alembamento. Tia Mariazinha, sentada na ala da família da noiva, levantou-se e pediu:

– Muito bem. Vou agora buscar a noiva. Mas ela mora muito longe. Preciso comprar o bilhete de avião.

O noivo desembolsou dez mil kwanzas. Passados dez minutos, em vez de uma, tia Mariazinha surgiu na sala com três noivas, cada

---

61 Quinda – do quimbundo "kinda", cesta feita com tiras de casca de árvore.
62 Fato – paletó.

uma delas completamente escondida num lençol branco. O noivo teria de identificar a sua pretendente, sem levantar o lençol. Não foi fácil. Até porque nenhuma das três era a sua noiva. Foi tudo uma brincadeira da tia Mariazinha. Os convivas riram a bom rir.

Cinco minutos depois, tia Mariazinha voltou a sair e volveu ao salão ladeada de Muxima. Os noivos trocaram as alianças de noivado e um beijo. Estava encerrado o ritual no aconchego da sala.

Os noivos e os convivas saíram para o quintal. O desfecho da cerimónia tinha um bolo grande, coberto de creme branco com dois pequenos cálices incrustados de lado e duas garrafas de champanhe tinto. O bolo foi cortado, perdendo a sua doce estética, e os cálices ficaram roxos e todos brindaram com o tilintar dos cristais, naquela hora em que o sol se esvaía na linha do horizonte e o frio final do Cacimbo enchia o tempo da síndrome do aconchego. As mesas encheram-se, os pratos passaram pelas cubas cheias de comidas da terra, onde não faltou o bagre fumado com muteta[63], o frango de cabidela que Tony não gostava por ser confeccionado com o sangue da galinha, o cacusso grelhado acompanhado de feijão de óleo de palma, mandioca, banana-pão e batata-doce cozidas, kizaka[64] e fúmbua[65], bem como a eterna caldeirada de cabrito e o infalível funge[66] de peito alto.

---

63 Muteta – bola feita de uma pasta de sementes de abóbora e ovo, geralmente cozida e servida como acompanhamento.

64 Kizaka – folhas de mandioqueira cozidas.

65 Fúmbua – folhas de planta denominada "fumbua", picadas, cozidas e condimentadas. Prato originário da vizinha RDC e trazido a Angola pelos refugiados que voltaram após a guerra civil.

66 Funge – prato nacional angolano, no norte do país feito a partir de farinha de mandioca, uma espécie de massa para acompanhar qualquer prato de peixe ou carne e servida com molho. O peito alto é feito de carne de vaca.

As almas dos convivas se encheram dos vapores do champanhe, da cerveja e do vinho. À frente de Tony estava sentado um velho conhecido que o atendia quando ele ia ao banco nos tempos da economia centralizada e que já devia ter ingerido mais de vinte finos[67] de cerveja de barril. Na cadeira à sua esquerda, sentara-se uma mulher de rosto pequeno como uma semente de caju, cabelo desfrisado e uma geometria indescritível que o vestido de franjas não conseguia esconder. Quando o DJ começou a tocar música, os noivos foram para o meio do quintal e abriram o salão ao som de uma rumba latino-americana do grupo Africando, de Casamance.

A dama ao lado de Caiande mexia a cabeça e piscava os olhos sem querer. Tinha um nariz curto e rebitado, os olhos eram dois diamantes pretos cobertos de orvalho e a boca era naturalmente alegre como a boca dos pequenos lagos na estação das chuvas.

A segunda música era um semba de Bangão, "A Garina do Swag". Mateus não resistiu. Olhou a dama nos olhos:

– Vossa excelência, quer dar-me a honra desta dança?

O par já não arredou pé do salão, chegando mesmo a ficar sozinhos na pista de dança improvisada no quintal. No embalo da dança, Tony puxou conversa:

– Hoje em dia, as farras já não são como antigamente. Quando eu era jovem, era raro alguém ficar sentado na mesa, o tempo todo a beber, sem dançar.

– É verdade, você tem razão. Os tempos são outros...

– Os tempos são outros. Mas você deve vir do outro tempo, como eu.

---

67 Fino – copo de cerveja de 330 mL, alto e com a parte de baixo mais estreita.

– Porque diz isso?

– Porque você dança muito bem...

Quando o DJ colocou música de roda, samba do Brasil, os dois resolveram descansar à mesa e refrescar e retemperar as forças. Suavam. Tony foi à copa buscar mais um sumo de múcua e trouxe outro copo de vinho branco para a dama:

– Não leva a mal se eu perguntar o seu nome?

– Não levo a mal, não, senhor. Chamam-me Lu, lá em casa, mas o meu nome é Luciana, Luciana de Vasconcelos. – O coração de Tony parou por um milésimo de segundo. Estava marintimamente emocionado.

– Eu sou o Tony Caiande – sem querer, segurou-lhe na mão direita, por baixo da toalha de mesa. Ela tapou-lhe a mão com a outra mão livre.

Foi um choque termonuclear que desfez duas solidões. Saíram da festa de alembamento sem se despedirem de ninguém. A noite implantou-lhes o oásis na esquina da rua sem luz, no banco de trás do carro. A faca de fogo que Nzambi fizera subir da pele das suas pernas até ao coração deslizou até às virilhas e Tony fez explodir o pequeno reactor nuclear que Lu trazia incorporado no baixo-ventre.

4. Enquanto viver, António Caiande jamais esquecerá essa festa de alembamento. Nessa mesma noite, deixou Lu na casa dela e a primeira coisa que fez ao entrar na dele foi retirar da sala e deitar no contentor do lixo a propaganda SOLTEIRO MAIOR ATÉ À MORTE.

5. A manhã exalava um perfume de folha crua. Fim de agosto, um dia antes do Surriso. Enquanto se vestia, o rosto do pai com o seu bigode farto e o olhar de buganvília branca preenchia a

cascata de água límpida da sua memória. António Caiande saiu, como fazia todas as manhãs, excepto ao domingo, e sentou-se na varanda da casa. A laranja madura do sol lhe aqueceu os ombros com os seus raios doces e sumarentos. Na ponta de um ramo da velha árvore de tambarino, o camaleão, rosado de luz, lhe fixou os olhos desorbitados e questionou:

– António Caiande, meu senhor, este tambarineiro lhe escreveste o nome da tua mãe. À rola, lhe deste o nome da tua noiva Joana. A macieira-da-índia se chama mamã Zabele. O cão escuro como breu é Kapuete. Então e eu, quando me dás também um nome assim de pessoa?

Enquanto matabichava[68] na companhia de Kapuete, Caiande explicou:

– Meu amigo, eu vou te baptizar um dia destes. O teu nome há-de chegar. Tem calma, ainda não encontrei a essência que te vista a pele mutante... – De seguida virou-se para o cão: – Kapuete, meu velho, hoje vamos passear a pé. – O animal parou de comer no prato de esmalte amarelo e olhou-o com uma luz contente nos olhos. Ficaram os dois a mangonhar[69] na varanda, embalados pelo chilreio dos pardais entre os dedos finos da palmeira. O passeio a pé nas manhãs de sábado era rotina sagrada. Saiu para a rua seguido pelo seu melhor amigo, Kapuete, até ao Largo da Independência. Um ardina[70] parou com um maço de jornais debaixo do braço. Lhe comprou o *Jornal de Angola*.

Às dez horas, o sol era uma mancha de vidro em brasa no ventre de esparsas nuvens. Quando o semáforo verdeceu, Tony atravessou a rua circular, sentou-se num banco de cimento defronte

---

68 Matabichar – tomar o café da manhã.

69 Mangonhar – ficar na preguiça; nada fazer.

70 Ardina – jornaleiro.

do bronze da independência, abriu o jornal sobre as pernas cruzadas e pôs a mão no peito, tocando sob a camisa a pequena estatueta, uma chita de pau-preto presa a um colar de missangas brancas. Aquele colar e a chita formam um legado mágico de avôs para netos e foram-lhe pendurados ao pescoço no dia em que completou seis anos, meu netinho, esta chita é a tua protecção, é o espírito de kituta[71], tua sereia invisível, augurou o velho Lázaro Caiande, seu avô materno. António Caiande só tira kituta do peito para tomar banho. Não é supersticioso. Apenas sabe honrar a palavra do avô.

Logo na primeira página do jornal, leu a manchete com o título "Angola prepara centro para ossadas das vítimas dos conflitos". Tony Caiande leu toda a notícia com avidez: "Um Centro de Análise Forense e Conservação de Ossadas das Vítimas dos Conflitos Políticos deve ser lançado, este ano, no país, anunciou esta segunda-feira, em comunicado, a comissão responsável pelo projecto."

A notícia dizia ainda que "no encontro foi partilhada informação sobre localização e entrega das ossadas das vítimas dos conflitos que ocorreram no país de 1975 a 2002. O Governo angolano começou, em maio último, a entregar, formalmente, os primeiros certificados de óbito às famílias das vítimas dos conflitos armados, cuja entrega simbólica abrangeu três familiares de pessoas falecidas no 27 de maio de 1977".

Tony Caiande terminou a leitura da manchete com um grito a meio-tom:

---

71 Kituta – espírito terrestre, superior à kianda (espírito das águas), que encarna numa pessoa e lhe transmite certos dons, como a cura de doenças e outros.

– Não pode, não pode, não pode!

Kapuete levantou a cabeça do seu repouso sobre a barriga e ganiu, o que é que não pode, meu senhor?

– Não pode, Kapuete, a Joaninha não pode ser incluída nas vítimas dos conflitos. O 27 de maio foi um conflito político interno do partido no poder. O que aconteceu após o 27 de maio não tem nada a ver com esse conflito. Foi um crime contra a humanidade. Um acto de terrorismo do próprio Estado, que durou até 1979. Eu próprio, que nunca fui do partido, só me safei graças à kituta de madeira que trago no peito.

Kapuete ainda não era cão nesse tempo. O seu cérebro felino não abarca o conceito de terrorismo de Estado, que faz tremer as veias do seu dono sempre que fala dos dois anos que se seguiram ao dia 27 de maio de 1977. Baixou a cabeça preta como petróleo bruto, os olhos rolando com os carros em redor do Largo da Independência.

Caiande não leu mais nenhuma notícia do *Jornal de Angola*. Abriu a pasta que levava a tiracolo e tirou um pequeno pacote de bolachas de água e sal. Comeu duas de uma única dentada. Meteu outra na boca do cão. Ligou os dados móveis do telemóvel e baixou música do YouTube, sem os auscultadores, que o cão também é melómano. Voou até ao céu azul um suave compasso *There is a natural mystic in the air*, na voz mitológica de Bob Marley. O sol abriu um a um os botões da camisa de nuvens e mostrou o peito reluzente. Lhe incendiava os cabelos.

6. Tirou mais duas bolachas do pacote. Enquanto as comia, olhou por cima do ombro para a estátua eternamente de pé, ao sol e à chuva, com o seu livro de poemas na mão direita erguida aos céus. Então pensou só de pensar porque é que tenho este

apetite voraz por bolachas? Esta pergunta lhe encheu os olhos e afundou-se no seu subconsciente. Tinha ele cinco anos e vivia em Marimba, um subúrbio da cidade de Salazar, nome do antigo primeiro-ministro colonial, renomeada Ndalatando depois da independência. Levantara-se um surto de fome no bairro. Numa manhã de quarta-feira, as madres da Caritas assentaram arraial nos arredores com uma enorme caixa de bolachas e uma delas mandou ajuntar numa roda todas as crianças até aos cinco anos. Tony era o único menino mais novo lá em casa. A tia de 12 anos pegou nele. Foram ao arraial das bolachas. O menino viu a madre andar de roda e doar as bolachas quadradas, grandes e tostadas. Quando a madre passava em frente de Tony, a acompanhante da criança ao seu lado estendia a mão e roubava as bolachas, antes de a mão dele lhes pegar. Na quarta ronda, a acompanhante do menino ao seu lado esticou a mão com garras de águia, surripiou as bolachas da mão da madre, dizendo filho de branco compra bolacha! Voltou para casa aos soluços no colo frustrado da tia. Tony era miúdo. Era melhor que a tia não o tivesse levado ao arraial das bolachas. Fome dele voltou mais feroz até chegar à casa onde, há dois dias, a mãe só lhes dava couve cozida, que ia roubar na horta do Sô Raimundo, um branco que tinha loja na curva da estrada que dava para Malanje. O pai tinha sido transferido para o Sul e o salário demorava a chegar.

Anos mais tarde, quando entrou para a escola e um colega lhe insultou seu mulato de merda, é que entendeu que era mulato na pele, apesar de filho de pai preto e mãe preta. No dia em que nasceu veio quase branco, na maternidade do quarto, onde as mãos cirúrgicas da avó lhe nasceram. O pai confiava na mulher que tinha. Tony tem até hoje dois sinais inequívocos de ser filho do sangue do pai dele, Malaquias

Caiande: os lóbulos das orelhas e a covinha na bochecha direita. Um dos progenitores teve um antepassado do antigamente das caravelas. Mas ele não era filho de branco. Pai dele era mesmo preto retinto.

Enquanto dobrava o jornal, apareceu-lhe à frente um menino sujo e descalço:

– Pai grande, tenho fome!

António Caiande ergueu os olhos para o menino:

– Como te chamas?

– Se chamo Lenguessa.

– Moras onde?

– Pai, saí do Lobito, eu e o môrmão. Dormimos aí mesmo no chão daquele prédio.

Tony sentiu uma navalha de fogo atravessar-lhe as pernas. O menino pedinte nem parou no primeiro banco onde estavam três mais velhos a conversar e foi direito a ele. Tony abriu mão do pacote de bolachas quase cheio. Lenguessa desviou o olhar do enorme pedestal da estátua onde o mármore canta o poema mais conhecido do livro aberto na mão esquerda. Recebeu o pacote. De imediato, surgiu do nada o irmão mais novo de Lenguessa.

– Pai, este é o António, môrmão kapikeno[72].

– És meu xará. Somos dois Antónios – saudou-o Tony Caiande.

Os meninos de rua começaram a trincar as bolachas. Lenguessa perguntou:

– Pai grande, o que é está dizer aí?

– Mas ó, Lenguessa, quantos anos tens?

– Tenho 15, pai.

---

72 Kapikeno – menor; corruptela de pequeno, acrescido do prefixo ka (diminutivo no quimbundo).

– Então, lá no Lobito, não estudavas? Nunca foste à escola?

– Fui ainda, pai, até na segunda classe. Depois, o meu pai abandonou a minha mãe e fomos viver na sanzala com a minha avó. Nunca mais estudei.

A navalha de fogo atravessada pelas pernas acima alongou-se até aos fios da alma. O espírito de Tony está em chamas. Lê para os dois meninos:

"HAVEMOS DE VOLTAR// Às casas, às nossas lavras/ às praias, aos nossos campos/ havemos de voltar// Às nossas terras/ vermelhas de café/ brancas de algodão/ verdes dos milharais/ havemos de voltar// Às nossas minas de diamantes/ ouro, cobre, de petróleo/ havemos de voltar// Aos nossos rios, nossos lagos/ às montanhas, às florestas/ havemos de voltar// À frescura da mulemba/ às nossas tradições/ aos ritmos e às fogueiras/ havemos de voltar// À marimba[73] e ao quissange[74]/ ao nosso carnaval/ havemos de voltar// À bela pátria angolana/ nossa terra, nossa mãe/ havemos de voltar// Havemos de voltar/ à Angola libertada/ Angola independente."

Lenguessa segurava o pacote vazio de bolachas. O irmão mais novo colado a ele, na irmandade das bolachas. Tony se lembrou

---

73   Marimba – espécie de xilofone encontrado com maior incidência na comunidade histórica quimbundo, cujo centro de difusão se encontra em Malanje. As suas variantes vão desde os xilofones diretos, considerados os mais antigos, aos curvos, que têm 15 a 19 teclas e correspondem ao número de câmaras de ressonância constituídas por cabaças presas com cavilhas de madeira e cordas.

74   Quissange (ou kisanji) – instrumento de som fluido, muito utilizado durante caminhadas longas ou como fundo musical quando um mais velho conta histórias à volta da fogueira. É construído sobre uma tábua harmônica onde se fixam lâminas, que podem ser de bambu ou metal, presas a um cavalete.

do dia em que lhe surripiaram as bolachas na vila Salazar, quando tinha apenas cinco anos. O menino mais velho levantou o rosto:

– Pai grande, o que é a pátria angolana?

– Filho, pátria angolana somos todos nós, eu, tu, a tua mãe, o teu pai que te abandonou, a tua avó, aquele polícia que está ali de pé, toda a gente que tem o bilhete de identidade angolano e a terra, Lenguessa, as casas, os carros, tudo o que tu vês, o que está perto e o que não vês, lá longe, nas outras províncias, tudo isso é a pátria angolana.

– Ah, está bem, pai. Mas o pai falou quem tem bilhete de identidade, pai. Eu não tenho bilhete, pai, então também não sou angolano, né?

Na alma de Tony ardia uma queimada. Pôs a mão direita sobre a cabeça do rapaz:

– Um dia vais ter o bilhete de identidade, assinado pela tua mão, Lenguessa.

Saiu do largo, acompanhado de Kapuete e dos dois rapazes. Na esquina do velho edifício que olha para o dorso da estátua de Agostinho Neto, Lenguessa e o irmão pararam junto de dois cartões de papelão dobrados.

– Pai, obrigado nas bolachas. Dormimos aqui.

7. Tony pôs-se a caminho de casa, à frente do cão. Arrefeceu o fogo da navalha que lhe feria a alma no olhar inocente do melhor amigo:

– Kapuete, as eleições não trouxeram nada de novo. Perante a desgraça que o povo angolano está a viver, em qualquer parte do mundo, nenhum povo votaria outra vez no mesmo partido que já desgoverna o país há mais de quarenta anos! Achas mesmo que os votos foram bem contados?

– É pá, eu sou cão, sou um animal apolítico – respondeu Kapuete. – A política é para os animais políticos, não é o que tu dizes, meu senhor, quando citas Aristóteles, o filósofo grego? Não sei o que te responder, amigo – latiu o cão.

8. Na tarde desse sábado, depois da sesta, abriu o computador e respigou as notas manuscritas num caderno para uma palestra marcada para novembro, nos 45 anos da independência. Iria falar na Liga Nacional Africana, uma instituição criada ainda na era dos nacionalismos. A sua palestra iria abordar o sentido moral da independência. Releu as notas com as ideias-chave, manuscritas a tinta de esferográfica preta num bloco de apontamentos com o título de capa "O ovo do pensamento".

"O DRAMA ESCATOLÓGICO DO HOMEM NEGRO

Neste preciso momento em que o planeta Terra gira e se desloca no Cosmos, giramos e nos deslocamos conjuntamente sem nos apercebermos do maior perigo que a Humanidade enfrenta. Estamos rodeados de chamas, mesmo aqui em Angola. A Terra arde.

*O que é que estas notícias representam para nós, angolanos? Muito simplesmente, **o drama escatológico do homem negro:** depois de termos sido a argamassa do Novo Mundo, depois de termos construído a América e a Europa com o nosso sangue e o nosso suor, vemos o mundo caminhar para o apocalipse e nós, africanos, nem sequer usufruímos das benesses da Civilização Ocidental, coisas tão simples, como água potável canalizada, luz eléctrica, esgotos, saneamento e o momento verde dos habitats, que dá aquela imagem da estética do desenvolvimento. E é por falta de um serviço mínimo de saneamento básico que o ébola grassa na RDC. As escolhas políticas que fizemos* *e ainda fazemos na África subsariana reflectem a imoralidade política do Estado: a negação do Outro, enquanto cidadão portador dos mesmos direitos de viver e de exercer a política até ao mais alto escalão da governação. Este é um problema moral, um problema cultural. Foi esta, e é esta a causa de todas as guerras do nosso continente. A Guerra Fria só nos deu as munições que não fabricamos.*

O negro africano do pós-independência é olhado pelo negro que está agora no poder com o mesmo olhar dos que colonizaram ambos. Daí que muitos dos cenários coloniais patentes na poesia da Sagrada esperança[75] *continuam ainda vigentes na era da independência. Isto parece ficção. Porém, a realidade mostra que se restaurou em Angola uma versão afromedieval da Acumulação Primitiva do Capital, através de um novo modelo de Comércio Triangular (exportação de petróleo – ouro negro – importação de bens de primeira necessidade e reexportação dos petrodólares para contas particulares), com a componente administrativa perversa do cabritismo, baseado no provérbio 'o cabrito come onde está amarrado'.*

O homem negro pobre, nesta era da total emancipação política do continente africano, continua a ser o grande problema ético-antropológico do nosso mundo."

Tony negritou todo este último parágrafo.

9. A televisão instala um posto móvel na Ilha do Mussulo. Dali, diariamente, a ministra da Doença transmite o ponto da situação:

"Surto de contágio de riso em 31 de agosto de 2020. O país parou. Há duas metades da população: os do riso e os sem riso.

---

75 *Sagrada esperança* é o título da obra poética de Agostinho Neto, primeiro presidente de Angola.

Ainda não temos o número exacto dos afectados. Só ruídos. Estimativas. O material de protecção chegou da China e será lançado de helicóptero em cada um dos bairros. Enquanto os óculos escuros não são distribuídos a toda a população, é obrigatório o uso de tampões nos ouvidos. Sem poder ouvir, ninguém responde. Assim, corta-se o diálogo, a fala, pela raiz. Esta medida temporária visa impedir a assimilação do riso nos dentes do outro."

Ninguém deve ler os dentes do próximo. Só gestos, gestos, gestos. Neste aspecto, mamã Zabele supera todos os seus compatriotas, pois há muito que não fala e há muito que aprendeu a linguagem dos gestos das mãos e dos esgares dos músculos do rosto.

Como os peritos angolanos na linguagem gestual são em número muito reduzido, o governo socorre-se do YouTube, onde está toda a matéria do aprendizado, desde dobrar uma gravata, até encompridar o pénis ou recauchutar a bunda. Réplicas dos vídeos sobre a fala através dos gestos começam a ser transmitidos pela televisão, da manhã à noite. Até o noticiário é transmitido por gestos. Todas as famílias se reúnem à volta da televisão para aprender a falar com as mãos, e quem é mutilado de guerra das mãos, como aquele antigo combatente que pede dinheiro no cruzamento do Largo do Chamavo, fala com os dedos dos pés descalços. Se a polícia apanha alguém de boca semiaberta, leva esse bocante[76] preso para a esquadra e cobra uma multa. São decretados dois tipos de multa: uma entre 5 a 10 mil kwanzas, para quem for apanhado sem os tampões. E outra de 10 a 20 mil kwanzas, para quem se abstiver de fechar a boca.

---

76 Bocante – boateiro.

O TERCEIRO SONHO DE
HERMES SUSSUMUKU

1 Agostinho Neto estava ali junto ao Largo Primeiro de Maio, na paragem do maximbombo[77] frente à escola. Mas não estava de presidente carnal. O fato e o corpo dele estavam solidificados numa única moldura de bronze. Na sua boca cantava uma voz de kituta de Kaxikane a recitar um poema na paragem de candongueiro.

2 A estrada Deolinda Rodrigues estava toda pintada com a bandeira de Angola repetida a cada cem metros: vermelho-sangue e preto-terra, uma roda dentada e uma catana com a estrela da liberdade no centro, na sua textura de sol do meio-dia.

3 E a voz proclamava:

CRUELDADE
Caíram todos na armadilha
dos homens postados
à esquina
E de repente
no bairro acabou o baile
e as faces endureceram na noite
Todos perguntam porque foram presos

---

77 Maximbombo – ônibus; do inglês "machine pump", este termo chegou a Angola oriundo de Moçambique. Hoje, está completamente em desuso.

ninguém o sabe
e todos o sabem afinal
E ficou o silêncio
dum óbito sem gritos
que as mulheres agora choram
Em corações alarmados
segredam místicas razões
Da cidade iluminada
vêm gargalhadas
numa displicência cruel
Para banalizar um acontecimento
quotidiano
vindo no silêncio da noite
do musseque Sambizanga
– um bairro de pretos![78]

4 Depois a voz de kituta atravessou a avenida Deolinda Rodrigues e entregou-me a folha de papel com o poema, voltou para a paragem, subiu num miniautocarro[79] azul e branco e desapareceu sem olhar para trás, como a maresia nos pontões da Ilha de Luanda.

5 Acordei do sonho com uma dor no ouvido interno. Não me podia mexer. Na minha mão direita estava o poema impresso numa folha A4. Tinha a seguinte data e lugar: Praça da Independência, Luanda, 1 de setembro de 2020.

---

78   Poema do livro *Sagrada esperança*, de Agostinho Neto.

79   Autocarro – ônibus.

IV – A MORTE VERDADEIRA DO DOUTOR SÍLVIO DALA
Música: "Ilia", de Bonga

1. Hoje é o terceiro dia do surto de Surriso. Terça-feira, dia um de setembro. Dez mil operários chineses que vivem em Angola, à sombra dos acordos de cooperação assinados em 2008, com toda a tecnologia de ponta que inclui helicópteros para abrir caboucos e transportar os pré-fabricados nos pontos mais inóspitos do território, levantam num único e abençoado dia o projectado muro anticontágio. Os cirurgiões, costureiras e alfaiates descosem as bocas dos que asseguraram a cerca sanitária e eles pedem então qualquer coisa sólida para comer, pois só tinham sido alimentados por soro intravenoso. Mas as bocas ainda estão doridas das costuras e praticamente só podem sorver canja de galinha por palhinhas. Já é alguma coisa, mano, diz um soldado deitado no solo de costas, depois das 24 horas de plantão.

2. Ainda não se sabe muito bem o que se passa do outro lado do muro. Os helicópteros da polícia voam sobre os bairros isolados e só veem cidadãos a rir, a irem de um lado para o outro, apanhando a comida lançada dos paraquedas. Por incrível que pareça, confrontados com a inércia provocada pelo riso constante, não se verifica nenhum distúrbio social, nenhum assalto a banco

ou armazém de mamadu[80], a zona do contágio de riso é a primeira do mundo inteiro a viver naquela paz e felicidade só prevista pelas testemunhas de Jeová para a nossa Terra depois do apocalipse. Mas dois helicópteros voltam infectados de riso, e o comandante-geral da polícia, um comissário possuidor de mísseis intercontinentais guardados no terraço do comando-geral para qualquer emergência resultante da guerra civil de baixa intensidade, ordena que os dois helicópteros façam uma curva de noventa graus e rumem para as margens da Barra do Kwanza, onde ficam em quarentena de riso. Para evitar futuras contaminações, foi novamente a China chamada a cooperar, com base na contrapartida do petróleo, com o envio para Angola de cinquenta drones com performances específicas: 45 para rastreio e videovigilância; e uns cinco mais ou menos secretos, só que um fofoqueiro que esteve na reunião das chefias militares manda uma escrita via WhatsApp para o filho na cidade e assim ficamos a saber que são dotados de mísseis ar-terra miniaturais, não vá o diabo tecê-las.

O ministro da Terra Interior anuncia, no ponto da situação no Mussulo, que serão distribuídos tampões de silicone, mas que não tem rebuçados nem chocolates para as crianças. Nesse mesmo segundo, está a circular no Facebook a reclamação de um internauta, logo seguido por 144 mil celulares de plantão no vício, a dizer que nem todo mundo tem dinheiro para comprar tampões de silicone. Podem usar bolinhas de funge, aconselha gesticulando na televisão um douto deputado de bigodaço que escreve mal o português, só que agora, de gesto em gesto, ninguém nota os pontapés que ele dá na gramática. Viva o Surriso!

---

80 Mamadu – alcunha dada aos comerciantes malianos e outros da África Ocidental, donos do comércio por atacado e por varejo na periferia de Luanda.

Em todos os circuitos das redes sociais corre neste momento um meme com a imagem do ministro da Terra Interior seguido de um polícia e um militar a retirarem rebuçados e chocolates das bocas das criancinhas seminuas de Luanda numa choradeira de partir o coração. Perante as imagens, a União Europeia envia um carregamento DHL com milhões de rebuçados e chocolates para se repor o direito de as criancinhas terem bocas doces.

A China informa, via serviço consular, que os óculos feitos de um mineral altamente estratégico, apenas existente em solo da República Democrática do Congo e exportado por Ruanda, custam um milhão de dólares cada par. Só os podem usar os governantes e os marimbondimilionários e, como estes se confundem com os outros, embora alguns só façam parte da nomenclatura dos camaleões em armas, os óculos ficam só para o restrito grupo dos barões assinalados que controlam o país, na burocracia ou nas armas. Na falta de um diagnóstico real das amostras humanas, pois os microscópios e os reagentes químicos não revelam nenhuma doença ou vírus, desconfia a ministra da Doença que esse riso possa ser transmitido pela simples visualização dos dentes do próximo. Ordena o uso de máscara facial, como já fazem os chineses há anos, por causa da poluição industrial que alcandorou a China a segunda potência mundial. E cada cidadão deve usar os tampões nos ouvidos, de silicone ou de funge, como aconselha o deputado que, afinal de contas, também dá pontapés na gramática do português gestual. Uma forma não iliba a outra, em termos gramaticais. Quanto aos tampões, silicone ou funge, a ministra da Doença acha que tanto faz, porque os do lado de lá da cerca sanitária às vezes dão tão sonoras gargalhadas que um resíduo de riso se transfere pelas paredes da barreira de pré-fabricado chinês importado desde Huizhou. O que interessa é a eficiência. O resultado a alcançar. Porque o povo de Luanda praticamente engravida, nasce, cresce, mercadeja e morre na rua. Deixou de ser rural para passar a povo rural. Por mais que a televisão gesticule FIQUE EM CASA, ficar em casa é a pena de morte para as famílias, todas elas comerciantes, zungueiras, cartadoras de água, carregadoras de mercadorias a pé ou em triciclos chineses motorizados baptizados Avô Chegou em primeira mão, e agora Kaleluia, na segunda leva, ou ainda conduzindo cangulos de mão com pneu de carro, e ainda as meninas do comércio do sexo, Luanda terá dez milhões de habitantes e, desses, apenas três milhões têm empregos remunerados. O resto trabalha ou mendiga na rua, cães esforçados de pele repleta de carraças[81] (a polícia e os fiscais) sugando a gasosa[82] do seu sangue. É preciso, é urgente empregar todos os recursos existentes no país e no planeta para evitar a propagação do Surriso, defende o comandante-em-chefe, a partir da Ilha de Santa Helena. Fecha a ordem com outra gargalhada a quatro tempos ah, ah, ah, ah!

3. O governo pede o apoio da OMS. Dois especialistas arribam a Luanda. Uma médica do Instituto Pasteur de Paris, doutorada em doenças tropicais, e um ilustre patologista britânico cujos nomes não são revelados à nossa reportagem.

---

81 Carraça – carrapato.

82 Gasosa – gíria luandense que faz referência à extorsão direta por parte dos serviços públicos para o usuário poder obter algo a que tem direito, ou simplesmente para reforçar o salário baixo da polícia e dos fiscais, que, para a obter, interpelam o próprio cidadão na rua. Este termo extravasou para Namíbia e África do Sul.

– We need to get a blood sample from the other side of the Wall
– solicita o britânico, com a máscara posta, sempre de chapéu a borsalino, faça sol ou faça chuva, e a infalível bata verde dos virologistas.

– *Again?*[83] – desesperou-se a ministra da Doença, por debaixo da máscara, a partir do Mussulo, via Zoom.

Por ordens superiores, é municiado um drone especial com dardos anestésicos que haviam sobrado da anterior excursão para lá do muro, e uma rede de captura é imediatamente conduzida por controlo remoto até ao outro lado, onde grassa o Surriso. No mesmo dia, o segundo exemplar humano chega ao laboratório de análises clínicas do hospital Josina Machel-Maria Pia. Depois de cinco exaustivas horas de trabalho sobre o corpo inanimado, os dois dignos especialistas da OMS não têm ainda um diagnóstico incisivo, revelador da origem do contágio. Também não entendem, por mais livros folheados e teorias discutidas com os seus colegas em Londres e Paris, por que carga de água é que o contágio só atinge a população extramuro, desde o cemitério de Santa Ana para Norte. Esse resultado levará mais alguns dias de intensos estudos e só sairá no último capítulo deste misoso.

4. A polícia não tem mãos a medir, com esta fonte rápida e fácil de beber gasosa: a multa da máscara. Para além dos dois tipos de multa, a dos ouvidos destapados e a da boca aberta, é decretada a multa da cara sem máscara, no valor de 5 mil kwanzas, se estiver no queixo, e de 10 mil kwanzas, se não estiver segura pelas orelhas a tapar a boca e o nariz.

---

83 "Precisamos obter uma amostra de sangue do outro lado do muro." "De novo?"

Essas ordenações têm graves repercussões indesejadas. Neste terceiro dia do Surriso, é morto numa esquadra da polícia um médico que ia sozinho com a cara sem a máscara no carro.

As palavras têm ouvidos. Vão por este mundo escutando vozes, recompondo coisas que nós não ouvimos de ouvir claro. Por isso, no fundo, no fundo, não sou só eu quem refolha este livro. Neste coanto, certas coisas saem de outras bocas. Pra não dizerem que sou boca azul[84], esta é a boca de *O Guardião | Jornal de Notícias*, na página de Sociedade:

POLÍCIA DESCARTA QUALQUER ENVOLVIMENTO NA MORTE DO MÉDICO SÍLVIO ANDRADE DALA

4 de setembro, 2020, às 07:22

A Delegação do Ministério do Interior de Luanda descarta qualquer responsabilidade pela morte do médico Sílvio Andrade Dala, ocorrido no dia 1 de setembro, após ter sido detido pelas forças da ordem por estar a circular na via pública sem máscara.

Em comunicado divulgado à imprensa, a Delegação do Ministério do Interior em Luanda informou que, após ter sido detido, Sílvio Andrade Dala foi levado para a Esquadra dos Catotes, no bairro Rocha Pinto, onde foram-lhe explicados os moldes de pagamento.

"Não tendo um multicaixa ou ATM nos arredores, telefonou a um familiar próximo para efectuar o pagamento da respetivamente multa. Minutos depois apresentou sinais de fadiga e começou a desfalecer, tendo dado uma queda aparatosa o que provocou ferimentos ligeiros na região da cabeça", diz a nota.

---

84 Boca azul – fofoqueiro.

A nota esclarece ainda que "devido ao seu estado grave, o médico Sílvio Andrade Dala foi socorrido para o Hospital do Prenda e no trajecto acabou por morrer".

"O Serviço de Investigação Criminal interveio, removendo o malogrado para a morgue do Hospital Josina Machel", diz a nota. A nota esclarece também que do "contacto mantido com os familiares, estes confirmaram que o médico Sílvio Andrade Dala padecia de hipertensão", salientando, contudo, que apesar disso, e por imperativos legais, "será efectuada a autópsia ao cadáver para se determinar a causa da morte".

A Delegação do Ministério do Interior em Luanda termina lamentando a morte do cidadão e endereça à família enlutada os seus mais profundos sentimentos de pesar.

E também pra não dizerem que eu só boco as coisas do lado da polícia, esta é a boca cheia de dentes da OMUNGA, uma ONG sediada no Lobito, província de Benguela, desenvolvendo acções em prol e defesa dos direitos humanos, assim o site fala:

VIOLÊNCIA POLICIAL EM ANGOLA: MORTE DO DR. SILVIO DALA

This entry was posted by Omunga

"Proteger a lei é importante, mas o mais importante é a vida", Miguel Sebastião, médico pediatra.

Texto: **Luísa Nambalo**

Revisão: **Carmen Mateia**

Supervisão: **João Malavindele**

Pela segunda vez a Omunga realizou mais uma live especial dentro da campanha Basta Violência Policial, devido ao triste acontecimento do passamento físico e prematuro do médico pediatra,

Sílvio Dala, ocorrido no dia 1 de setembro, numa das esquadras da Polícia Nacional em Luanda. Para este painel convidamos o médico pediatra e secretário provincial de Luanda do Sindicato dos Médicos de Angola, Miguel Sebastião, sob moderação do jornalista e activista Simão Hossi Sonjamba.

PERFIL DO MÉDICO DALA ATÉ A VÉSPERA DE SUA MORTE

Miguel Sebastião, médico pediatra e secretário provincial de Luanda do Sindicato dos Médicos de Angola, contou que o dr. Sílvio Dala era proveniente da província do Kwanza Norte, concretamente do município de Ndalatando, e chegou a Luanda com a finalidade de se formar em Pediatria, pois calcula-se que essa província, assim como aproximadamente outras nove no país, apresentam carências de médicos angolanos formados em pediatria.

De forma breve, caracterizou o dr. Sílvio como alguém "muito humilde", de poucas palavras, que na sua óptica e na dos outros profissionais, não apresentava indícios de quem costumava discutir, muito menos com a polícia.

O dr. Sílvio e mais alguns de seus colegas de profissão tinham sido escolhidos para fazer essa formação no Hospital Pediátrico David Bernardino. No Kwanza Norte ocupava o cargo de director clínico do Hospital Materno Infantil da cidade de Ndalatando.

Segundo o pediatra Miguel Sebastião, o incidente ocorreu em Luanda, no dia 1 de setembro, quando o médico Sílvio Dala saía do hospital, depois de cerca de 72 horas de trabalho árduo. Já cansado, o dr. Dala dirigia-se a casa quando a polícia o interpelou por não usar a máscara facial. Infelizmente, por não haver condições disponíveis para o pagamento da multa, a polícia pediu-lhe que o acompanhasse até à esquadra da polícia do Rocha Pinto. Antes, trocou *mensagem com um amigo, informando que estava a ser levado para a esquadra e, por não haver condições para liquidar a dívida, foi colocado numa cela. Passado pouco tempo, começou a convulsionar, caiu e embateu com a cabeça no chão, criando assim uma ferida na nuca que em seguida começou a sangrar.*

POSICIONAMENTO DO SINDICATO DIANTE DA JUSTIFICAÇÃO DA POLÍCIA

*O secretário do Sindicato afirmou que **"o resultado em nenhum momento convenceu o sindicato".***

Diante desse infortúnio, o Sindicato dos Médicos tomou conhecimento no dia 2 de setembro, sendo que deslocou-se até à Direcção Nacional de Investigação Criminal (DNIC) para obter melhores esclarecimentos. Foi assim que presenciaram um agente da polícia conversando por via telefónica com um dos polícias que trabalha na esquadra onde o dr. Dala esteve detido, questionando "o que aconteceu com o médico que morreu na esquadra". A partir daí, a delegação de constatação do Sindicato dos Médicos apercebeu-se que o médico já tinha perdido a vida antes mesmo de ser transportado para o hospital.

Em seguida, foram até à morgue do hospital Josina Machel, local onde havia ficado o corpo do doutor, e observaram uma ferida incisa (tipo corte) na nuca, com sangramento abundante, assim como foi colocado de baixo para cima, sem dignidade. Mantiveram igualmente o contacto directo com os profissionais de saúde que trabalharam no dia em que tudo aconteceu.

Sendo assim, o Sindicato concluiu que, por causa da lesão que o médico apresentava na cabeça, o médico Sílvio Dala morreu de "traumatismo crânio-encefálico". Em contrapartida, segundo as autópsias feitas pela polícia, o doutor morreu de "causa patológica", ou seja, um enfarte agudo no miocárdio.

Todavia, o sindicalista ainda referiu que os resultados de uma autópsia jamais devem ser revelados por um agente da polícia, e sim por um médico-legista.

"A vida é um bem supremo, acima dela não existe outro bem", mencionou o médico Miguel Sebastião, e acrescentou: **"proteger a lei é importante, mas o mais importante é a vida".**

O USO DE MÁSCARAS NO INTERIOR DAS VIATURAS

Em seu argumento, o médico pediatra disse que segundo estudos científicos ainda não existem dados que comprovem a contaminação quando alguém esteja só e sem máscara na sua viatura.

O médico acredita que a antiga medida que obrigava as pessoas a usá-la no interior de suas viaturas não tem nada a ver com a nossa prevenção. Lamentou o facto de terem sido muitas vidas dizimadas por causa dessa medida.

SUGESTÕES LEVANTADAS PELO SINDICATO ÀS INSTITUIÇÕES DE DIREITO

A família do dr. Sílvio juntamente com o sindicato dos médicos estão a promover um processo-crime contra a Polícia Nacional, tudo para se averiguar a veracidade da autópsia feita ao cadáver do dr. Sílvio. Segundo informações avançadas pelo secretário provincial do Sindicato dos Médicos de Angola, actualmente estão a trabalhar com três advogados, para se ver resolvida essa situação.

Além disso, o dr. Miguel fez saber que a classe médica almeja diante do governo angolano que haja assistência social ou pensão alimentar para os quatro filhos menores do dr. Sílvio, até alcançarem a idade adulta, visto que a família do médico dependia totalmente dele.

Por outro lado, referiu que o sindicato apresentou uma proposta ao Governo Provincial do Kwanza Norte e igualmente à direcção do

Hospital Materno Infantil onde o dr. Sívio trabalhava, para que doravante seja denominado Hospital Materno Infantil dr. Sívio Dala.

Avançou ainda que o Sindicato dos Médicos de Angola está a elaborar um documento que se pretende encaminhar à Ordem dos Médicos e a outras entidades competentes, com a finalidade de oficializarem a data de 1 de setembro como o dia da "Consciência Médica", cuja reflexão será especialmente voltada ao dr. Sílvio Dala.

5. Você aqui sentado nesta roda de fogueira deve estar a sentir uma comichão na borda direita da palma da mão, enquanto me ouve ler esta notícia no computador. Pois saiba que comichão na pele rija da mão é sinal de que nalgum extremo do multiverso um outro sol acaba de nascer e dentro de trilhões de anos ao seu redor vai caminhar um cérebro azul como o seu que é absolutamente branco com estrias de sangue vermelhas. A morte verdadeira do dr. Sílvio Dala nem sequer será conhecida desses futuros animais pensantes a rodar em torno de mais um sol e a arder-lhe agora na borda direita da palma da sua mão. A nossa Terra arderá dentro de cem anos, e nós nem estaremos aqui pra contar como há-de ser. Nem vale a pena, porque não haverá papel, jornais, livros, mídia, políticos e polícias, hospitais, médicos e doentes. Não sei por que é que aqui na Terra estamos a nos queimar uns aos outros, se o fogo final vai nos queimar a todos, pretos, brancos, mulatos, amarelos e indianos, ricos, pobres, o dinheiro, os bancos, as casas, os aviões, as bombas de combustível, os partidos políticos e os apolíticos, como as testemunhas de Jeová, todo o esplendor da ciência e das artes, tudo, tudo acabará.

O QUARTO SONHO DE
HERMES SUSSUMUKU

1 Por volta das três horas da madrugada, subiu nos meus olhos uma escuridão cosmológica. Depois ouvi ao longe um riso sarcástico de hienas e vi os seus olhos de fogo iluminarem a escuridão sobre a clareira da lavra de mandioqueiras como cínicos candeeiros a petróleo.

2 Foi nesse instante de fusca iluminação que pude ver lá dentro do jango o elefante da cabeça vermelha e estrela amarela na testa, agora com um perfil nunca visto nos livros de zoologia.

3 Tinha-lhe crescido outra cabeça menor do lado direito. A primeira cabeça, para além das originais, tinha quatro dentes extras, com dez centímetros de comprimento a crescer-lhe pela tromba abaixo. A cabeça do lado direito tinha um pequeno dente de leite a querer salientar-se no final da tromba.

4 À entrada do jango ruminava agora uma enorme vaca de fogo preto rutilante que ardia para o seu interior e não queimava nada ao redor.

5 Então a barriga do elefante abriu-se como saco de fuba e dele saíram um rebanho de cabritos e uma matilha de camaleões que se confundiam com as coisas à sua volta. Todos os cabritos foram amarrados cada um na sua mandioqueira, para poderem comer onde estavam amarrados. Por último, o elefante pariu um enorme falcão cinzento (Falco ardosiaceus) *de asas redondas. Este falcão saiu do jango e sentou-se debaixo das tetas da vaca a ordenhar sem parar os mamilos do colosso animal que espichavam um espesso leite preto.*

6 *O falcão cor de cinza enchia baldes e mais baldes de leite preto e oleoso que atirava em círculos muito largos para lugares distantes a perder de vista. Mas o pássaro não bebia do leite. Atirava-o para longe.*

7 *Depois, ao meio-dia do dia, o espesso leite preto secou nas tetas da vaca. O falcão de asas redondas entrou no jango em voo líquido e foi sentar-se mesmo na nuca da segunda cabeça do elefante. Ali sentado, o grande falcão de asas redondas sorvia com o seu bico pontiagudo um néctar de pedra lilás muito raro numa taça de diamante. O néctar vinha directamente do céu, em cabaças de vidro pequenas que um anjo branco como a cal fazia descer por um fio de ouro com um cesto de ráfia no final.*

8 *Os cabritos e os camaleões lá fora lutavam entre si para ver quem abocanhava mais gotas perdidas do leite preto espesso lançado para longe.*

9 *As mandioqueiras, entretanto, foram murchando, murchando, poluídas pelos lançamentos do pássaro e a luta dos cabritos para acumular algumas gotas, enquanto os camaleões, pela lei da evolução natural, iam esticando cada vez mais as línguas até sugar a seiva das árvores ao redor.*

V – MANGAS & DIAMANTES
Música: "Nzala", de Elias dya Kimwezu

1. Cinco de setembro, um sábado aprazível, paira sobre a cidade capital. A estação do orvalho se evapora da boca da lagartixa suspensa dos muros. No outro lado da linha de fronteira de contágio, toda a areia humana circundante ao candongueiro do riso entra numa nova era de pacifismo e concórdia. Tudo isso é dado a ver pelos drones videovigilantes, no quinto dia do Surriso. Pela primeira vez, em 45 anos de independência, os altos dirigentes começam a ter uma percepção mais realista do povo da periferia.

Enquanto matabicha, Caiande coloca a pen drive no altifalante portátil. No ar da sala, canta a voz de Teta Lando, em kikongo, "Mumpiozu wame", *"Um assobio meu/ um assobio meu// é para esquecer meus pensamentos"*. Sobressai o ritmo da dikanza e o tom dolente e nostálgico do violão, enquanto a voz de talco do cantor lamenta: *"Um assobio meu/ um assobio meu// é para esquecer o que não posso falar// Um assobio meu/ um assobio meu// é para esquecer os meus amores..."*

2. Mamã Zabele não adoça o café desde o longínquo ano de 1977, quando o primo, oficial dos serviços de inteligência, foi lá a casa prender a noiva de Caiande, porque a jovem tinha ido dançar três vezes na companhia do major Nito Alves. Vinte e cinco anos depois, Zabele deixara de falar e de ouvir. Transmitia a sua voz escrevendo num caderno que tinha sempre à mão.

A sua surdez-mudez começou naquele dia em que estavam todos no quintal numa sentada familiar, a comer e a beber e a falar. Eram já dez horas da noite. O segundo barril de cerveja tinha sido ligado à serpentina de gelo. Já se havia esgotado a reserva de conversas pacíficas, sobre desporto, ciúmes de mulheres, conjecturas sobre o novo ciclo de paz que o país estava a viver. A enorme mesa engolia o repasto, agora composto de carnes grelhadas, e regurgitava um zumbido de vozes entrecortadas por gargalhadas de quem já nadava nos vapores de álcool. Num dos cantos da mesa, um sobrinho da anfitriã, o general Kambolo, meteu conversa antiga sempre nova com o companheiro ao lado:

– Agora que o Savimbi[85] morreu e a guerra acabou, parece que o governo vai finalmente resolver o problema das vítimas do 27 de maio – disse o general na reserva. – Eu próprio gostaria de saber onde para o corpo do meu irmão Ndombele.

– Isso seria bom, na verdade – respondeu o companheiro à sua direita, jornalista da televisão pública. – Já passaram tantos anos, as armas calaram, é tempo de cicatrizar essa ferida aberta na história do nosso país. Passar, pelo menos, as certidões de óbito das pessoas desaparecidas...

– Ó pá, vocês, jornalistas, pensam muito e, às vezes, fazem notícia por antecipação. – O conviva à esquerda do general, um jovem de t-shirt e calça jeans rasgada nos joelhos, o cabelo com tranças no centro e a cabeça raspada nas laterais, meteu a colher na conversa. – Eu tenho as minhas reticências. O primo da mãe

---

85 Savimbi – presidente fundador da União Nacional para a Independência Total de Angola (UNITA), movimento de libertação que manteve uma guerra de 27 anos contra o governo.

Zabele nunca vai confessar publicamente o que fez à sobrinha. Tu sabes o que é que os gajos da segurança faziam a muitas mulheres que prendiam? Uma das formas de tortura consistia em obrigá-las a comer o penso higiénico[86], quando as apanhavam no período menstrual. Isto foi o meu falecido irmão que me contou.

O general na reserva, que estava no centro da conversa, deu um beliscão pungente no braço do jovem. Ia a passar atrás deles, com uma bandeja de cacussos grelhados, a própria mãe Zabele. A velhota continuou o seu caminho e depositou a bandeja no centro da mesa.

– Será que a velha ouviu, mano? – perguntou Kambolo.

– É pá, não sei se ela esteve atrás de nós o tempo suficiente para nos ouvir... – disse o general.

Velha Zabele retirou-se do quintal e foi para o seu quarto. Desde esse dia nunca mais proferiu nem ouviu palavra alguma. Comunicava por escrito. Zabele estava possuída por muitas almas dolorosas, que a povoavam durante a eterna noite da sua surdez. A pele do coração roçava as paredes do sono infinito, e ela ouvia vozes sem ter ouvidos.

Essas almas lhe encheram o poço da cabeça, onde mãe Zabele morreu três mortes na sua existência terrena. Morreu uma vez, quando o marido foi assassinado pelas milícias do colono, dois dias depois do levantamento armado do 15 de março de 1961, no norte de Angola. A vendeta dos colonos foi implacável e abrangeu a província de Malanje. Os colonos chegaram, à civil, armados de espingardas, bateram coronhadas na porta e o casal foi abrir:

---

86 Penso higiénico – absorvente.

– Você é que é o Benvindo Sussumuku, o terrorista? – perguntou o chefe do grupo, lendo o nome numa lista que traziam.

– Sim, sou, mas nunca fui terrorista.

– Pensas que não sabemos que ligas o rádio, tu e mais dois teus vizinhos, o Damião e o Correia, mais conhecido por Kinino, todas as sextas-feiras, para ouvirem o programa dos terroristas de Kinshasa, o *Angola Livre*? Até esse nome que tens, Sussumuku, isso é nome de gente, homem? Isso é nome de um terrorista assassino, é o que é!

– Não, senhor. Desculpe, mas esse é nome da língua tshokwe[87]. Significa surpresa. Assim como vocês, europeus, têm nomes de árvore, como laranjeira, ou de animal, como coelho, ou ainda dos vossos sentimentos, como alegria, nós também temos, senhor, nomes nas nossas línguas.

– Ah, e ainda queres nos dar lições de antroponímia, ó seu terrorista da merda! As vossas línguas pra que servem?

Benvindo tremeu. Sabia que tinha chegado a sua hora. Uma saraivada de balas perfurou o seu peito, e ele caiu como uma árvore cortada à machadada, no vão da porta. Os milicianos retiraram-se e mamã Zabele ficou a derramar lágrimas de desespero sobre o corpo do marido. O filho primogénito de seis anos, José, agarrou-se às costas da mãe, numa gritaria infeliz. O segundo filho, Hermes, dormia ainda. E o feto de três meses que trazia nas entranhas sofria a perda do pai a dar-lhe pontapés nas paredes do útero.

Zabele morreu pela segunda vez quando lhe levaram a filha sem retorno, em 1977. Foi quando perdeu o gosto da cola e do

---

87 Tshokwe – povo banto que se concentra no nordeste de Angola, nas atuais províncias de Lunda Sul e Moxico.

gengibre. Os colonos mataram-lhe o marido em 61. Agora, os que saíram do maquis, esses mesmos por quem o seu marido morrera, vieram levar-lhe a filha. Ela só ia fazer 16 anos em agosto. Pelo menos, então que a matassem na frente dela, para ela poder enterrar o corpo, fazer o komba[88] e chorar sobre a sua campa como fizera com Benvindo.

A terceira morte de Zabele foi quando escutou, na sentada familiar, dizer que torturavam as mulheres com o próprio sangue da lua delas. Obrigavam-nas a comer o penso higiénico. Dessa vez, perdeu a fala e o ouvido.

3. O pequeno Kia Picanto para no semáforo frente à mão levantada do polícia de trânsito. O semáforo desacende. Outra falha de luz. A rotunda do Primeiro de Maio, agora Largo da Independência, é um cacho de banana automóvel. Na berma esquerda, outras mãos de pedir isentas de pessoa humana. Caiande nunca dá. Uma mão vem aí à frente. Passa o primeiro carro, passa o segundo carro. Nada de pedir. Só quando chega ao Kia. Tony não dá. Esmola não enche de pessoa a mão do pobre e, segundo, pedir esmola é vício. Tem mão de uma mulher que manca de propósito, há muitos anos, com uma mão de menina agarrada às saias. Gordas como penedos. Da rua amealham cumbu sem bumbar[89]. Lá vêm dois braços de uma adolescente segurando a cabeça de um bebé encéfalo a apanhar aquele sol todo das duas da tarde. Tem o braço do presidente Agostinho Neto levantado a apontar ides todos pra Catete!, brinca a Belita, amiga e ex--namorada de Tony, em cada festa depois de beber sete cervejas

---

88 Komba (do quimbundo "kombaditokwa") – varrer as cinzas do falecido.

89 Bumbar – trabalhar esforçadamente.

e meia, brinca Belita, quarentona de rabo volumétrico e peito arenoso que toca no volante do Rav 4, e ri com todos os dentes alvíssimos da boca. Isso quando vão juntos às festas. O amor acabou. A amizade continua. Às vezes, e antes de conhecer Luciana há dois meses, ainda se davam de pé, ela de cara para o espelho da casa de banho e ele lhe beijando o pescoço de leoa quando lhe morde o leão em cio em plena savana. Lhe faz repetir a garina dos tempos do Rufas, dom Corleone e dom Fernas na casa do Camilo. Qual era mesmo o nome dessa garina do Animatógrafo?

O Largo da Independência é um círculo de mãos: de polícias; de estudantes; de pedintes; de transeuntes anónimos; de condutores; do poeta. Só lá não cabem as três mãos todo-poderosas de Suku ya Nzambi, o nosso deus sem religião.

Olha à sua volta. Vários pedintes de várias idades cercam o ponto de paragem do trânsito no Largo da Independência. Duas adolescentes, um rapaz e uma menina, carregando cada uma criancinha ao colo de chamariz. Devido à inclemência do sol, os petizes ao colo trazem um lenço bem sujo à cabeça. Assim como as roupas que vestem todos eles. Porquice é sinónimo de indigência. Dá pena! Transportador e criancinha de lenço estendem a mão direita para as janelas dos automóveis que param. Os rostos das crianças são secos galhos quebrados esquecidos no chão do mato. Os mais pequenitos, de lenço sujo à cabeça, ainda não falam. O seu aprendizado da vida é estender a mão, a cara penosa, o olhar ávido de dinheiro. Ao lado dos menores, esperam mulheres vestidas de panos sujos e desbotados e alguns velhos sem luz nos olhos. Todos eles sem máscara. A polícia não os multa. Estes pedintes são invisíveis para o Estado, são feitos de matéria fugaz, estão aqui, mas já deixaram de estar, kanzumbis respirantes. Os mais velhos cercam-lhe o carro. Ignoram os grandes Lexus com motoristas engravatados. Caiande conduz sempre de janelas abertas. É alérgico ao ar condicionado. Pergunta ao velho trôpego de mão estendida para dentro da janela do carro:

– Ó mais velho, ali à frente tem dois carros grandes. Porque é que não foste lá pedir dinheiro?

– Chefe, desculpa, eu sei que eles não vão me dar. Esses carro grande nem abrem mais a janela quando nos vê. Você és mulato. Tens a cor da sorte.

4. No navio mercante da cidade, Portosso, o zaiko do terceiro andar do prédio vizinho do bronze da independência, já não vende diamba. É agora um mais velho na casa dos sessenta, com a máscara antissurriso posta. Ganhou juízo. Vende óculos de sol neste fim de manhã, quase 11 horas.

Lenguessa precisa de ganhar dinheiro, comprar uma motorizada e fazer moto-táxi na cidade onde mora o dinheiro do país. Com a máscara antissurriso a tapar boca e nariz, engraxa sapatos defronte ao restaurante São João, no Maculusso, para onde um dia Tony Caiande convidara Portosso na despedida dos vícios. À esquerda de Lenguessa, de costas para a rua, está parado o zungueiro de óculos, com o seu cartão cheio de olhos escuros com um raiozinho de sol em cada lente, aliciando os clientes expatriados que todos os dias entram no restaurante com máscara e a tiram para comer lá dentro.

De repente, na estrada que vem do colégio Elizângela e dá para a rua da Liga, ali mesmo em frente ao restaurante e às bombas de combustível, para uma carrinha Land Cruiser cheia de carraças da Fiscalização. Muito lenta e sorrateiramente, salta um fiscal mascarado à paisana e vem andando na direcção do zungueiro de óculos de sol, de costas para a rua a olhar para a entrada do restaurante. O fiscal chega muito devagar, espeta a mão direita entre as pernas de Portosso e segura-lhe nos órgãos genitais com força. Portosso paralisa. É um ratinho-do-mato hipnotizado por cobra cuspideira. Nem sabe o que está a lhacontecer. Salta da carrinha outro fiscal e agarra no cartão dos óculos. Lenguessa fica igualmente paralisado, com a escova de graxa preta numa mão. O zungueiro parece vai apanhar um ataque cardíaco, porque olha para a frente e não diz uma palavra, nem quando lhe levam os óculos. O zungueiro fica sete vezes mais magro e anómalo. Peso dele ali no chão, dor na terra diferida.

5. Em toda a história de Angola, desde os reinos e grupos pré-
-bantos antes dos portugueses até aos dias da bandeira rubro-negra, jamais se registara fenómeno semelhante ao que acontece do outro lado do muro anticontágio. A fome aperta. E o povo sempre a rir.

Há já alguns anos a esta parte, os chineses tinham começado a erguer, numa zona chamada Das Mangueiras, o novo aeroporto internacional. A imprensa privada, na sua identidade de defensor dos sem voz, tinha levantado uma tremenda celeuma em torno do orçamento de nove mil milhões de dólares atribuído a essa construção que nem pela metade estava erguida. Mas isto é tema para outro conto tradicional. Por ora, saibam apenas que, quatro anos antes do contágio, a obra parou e os chineses espalharam-se um pouco por toda Angola. Uns vendem na rua medicamentos para a próstata e para a tosse convulsa e a malária; outros fazem obras de reparação nas casas particulares; uns quantos abriram lojas de fotografias a oito dimensões, de modo que quem vai lá tirar fotografias sai na foto a andar e a comer, e essas fotos ficaram tão famosas que as casas de fotografias dos chineses se enchem de bichas às quatro da madrugada, como no tempo da crise pós-independência em que não se importava nada de Portugal; outros quantos chineses vivem da zunga[90], principalmente mulheres com aquele chapéu de palha trazido do Oriente. Agora, uma nova ocupação prolifera na cidade: faz-se unha, assim mesmo separado, em minúsculos salões de beleza muito concorridos em função do preço.

6. Ora, acontece que, neste dia de fome biafrense, o quinto do contágio, 23 pedreiros despedidos pelos chineses, com as costelas à flor da pele, entram no perímetro do novo aeroporto inconstruído para sacar mangas, pois que o chinês tem uma coisa muito notável: nunca, mas nunca, corta uma árvore, a não ser no centímetro necessário para a construção. Ou planta milhares de outras, como se vê na centralidade do Kilamba, com árvores importadas da própria terra de Mao Tsé Tung, o político asiático que mais deu tungo[91] no seu povo, durante a Revolução Cultural. Então, Zango Muandjaji e António Bumba, imigrantes do antigo Reino de Cafunfo, na Lunda Norte, capitaneiam o resto do grupo. Sobem às mangueiras, e cada um enche o seu saco de plástico para transportar para as respectivas famílias. A meio do caminho, sentam-se ainda dentro do aeroporto, descascam as mangas e comem a polpa. Zango é o primeiro a acabar a sua manga. Quando chega ao caroço, quase que parte um dente:

---

90 Zunga (do quimbundo "kuzunga", circular) – venda nas ruas.
91 Tungo – porrada.

– Xé, Bumba, nunca vi um caroço de vidro. Ia me partindo o dente.

– De vidro, ó Zango, você toda a hora a brincar. Deixa ainda ver o meu.

Qual não foi o espanto deste ao sopesar na mão o caroço da sua manga. Mais pesado que o vidro e mais duro que o aço. É uma luboia[92] de 30 carates. Igual àquele, nunca ele vira diamante lá no Cafunfo de onde tinha vindo e onde fora garimpeiro por conta própria no rio Luango, até ser expulso pelos seguranças de um general de Luanda que tomou conta do rio, do lodo do rio e dos diamantes do rio, arrastados lenta e silenciosamente desde os tempos do rei Muatxiânvua[93].

Muandjaji e Bumba se entreolham. O grupo todo para de trincar as mangas. Sorriem às gargalhadas. Ao endémico Surriso junta-se o riso natural dos diamantes. Só naqueles 23 sacos deve haver uns seiscentos milhões de dólares em peso bruto.

No entanto, nenhum deles desconfia que, lá nos céus, há permanentemente 45 drones a filmar, 24 sobre 24 horas, todo o território dos contaminados, portadores do vírus do riso.

Os drones descem dos céus como arcanjos da Bíblia, paralizam-nos com um gás metamórfico, recolhem os sacos e as sementes das mãos de Zango, de Bumba e dos seus 21 companheiros caídos, mas sempre de sorriso nos lábios, e voam para este lado do muro onde eu estou a contar esta estória tradicional. Deste lado onde vos conto, toda a imprensa, a estatal e a privada (excepto um ou dois jornais e uma rádio da igreja católica e outra

---

92 Luboia – pedra grande diamante.

93 O rei Muatxiânvua congregou várias tribos e formou o Reino Lunda no final do século XVI.

da oposição), tinha sido nacionalizada pelo poder. Do outro lado, só as redes sociais fazem eco dos acontecimentos mediáticos, principalmente via telemóvel. Um jovem activista, de nome Nito Alves, que mora em Viana, faz eco. Sem parar de rir, manda a notícia da agressão drónica para uma agência lusa que, por sua vez, a faz sair no jornal *Público* e na RTP África. Desmentido do governo angolano:

"Certos canais portugueses estão outra vez a imiscuir-se nos assuntos do nosso país, desta vez, inventando fantasias sobre um suposto roubo de mangas com caroços de diamantes a dois ex-trabalhadores lundas do novo aeroporto internacional. A fantasia e alucinação são de tal ordem que só caberiam num novo romance do escritor colombiano Gabriel García Márquez, que inventava laranjas com pepitas de ouro dentro. Onde, porventura, árvores dão frutos com minerais raros no interior?"

Assim termina aquele episódio Das Mangueiras e dos diamantes que valem um milhão de dólares cada luboia. A rir. O próprio comandante-em-chefe não acredita nessa fantasia da agência lusa. Até hoje, desconhece-se o destino dado aos sacos cheios de gordas mangas com caroços de diamantes. O activista cívico Nito Alves volta a falar nas redes sociais contra o comandante-geral dos drones, mas ninguém lhe liga importância e o tempo transcorre, na mesma toada de riso infindável, naquele lado do muro. Até porque as fotos só mostram gente a rir, a rir, a rir, não há sofrimento palpável nas comunidades para lá do muro.

O QUINTO SONHO DE HERMES SUSSUMUKU

1 Um dia, todos os animais pararam a sua azáfama nas lavras, no campo de mandioqueiras e dentro do próprio jango. A terra começou a tremer: o elefante de cabeça verde e corpo vermelho tinha ressuscitado das cinzas com o seu galo preto de crista cor de madrugada poisado no cimo da cabeça. Era agora um elefante maior que o do primeiro sonho.

2 O grande elefante de duas cabeças vermelhas lançou um berro colossal que derrubou o imbondeiro secular no meio da grande lavra de mandioqueiras. Saiu do jango para a clareira em prontidão combativa e enfrentou o seu arqui-inimigo.

3 O elefante de duas cabeças vermelhas e uma estrela amarela no centro de cada testa tinha um poder que lhe vinha da vaca de fogo. Era uma magia administrada e coordenada pelo olhar e o ritual das asas redondas do falcão sentado atrás da cabeça. Novos dentes pequenos iam nascendo ao longo da tromba da segunda cabeça, depois que a primeira completou quatro dentes.

4 O elefante de cabeça verde devia a sua força ao grito matinal do galo. De cada vez que o galo cantasse, o corpo do elefante recobrava forças. Os dois elefantes lutaram dia e noite. Nunca se cansavam de lutar. A lavra de mandioca estava completamente ferida pelas pisadas das patas dos contendores e a terra estava revolta e dispersa pelas quatro rosas dos ventos.

5 Quando a segunda cabeça do elefante que ocupava o jango completou 23 dentes, o possante animal, num gesto fora de série, levantou-se sobre as patas traseiras, rodopiou a cabeçorra sobre o elefante de cabeça verde e asfixiou o galo preto com a sua tromba dentilhada.

6 *Depois dessa luta, o capim circundante e as mandioqueiras jamais se levantaram, mesmo com as chuvas de abril. Do céu já não caía água, mas um líquido gasoso muito doce.*

7 *Então os camaleões e os cabritos abandonaram a seiva das árvores à volta, também já em estado de extinção, e voltaram as línguas para o novo néctar do céu que fervilhava nas suas gargantas como a viciante Coca-Cola.*

VI – KAPUETE, O CÃO BIAFRENSE
Música: "Mona ki ngi xisa", de Lilly Tchiumba

1. Tó, tó, toque. Tony Caiande abre a porta do quintal. Emoldurada no caixilho, Luciana está de pé, à sua frente, com a luz da tarde oleando a abóbada das coxas sob o longo vestido feito de capulana[94] de Moçambique, um azul metano, vaporoso, com flores de pétalas de sangue. Tony Caiande fecha o portão e enfia a cabeça dentro da capulana, desce o minúsculo biquíni verde com os dentes e atraca um beijo sólido e orvalhado como chata de pesca na matriz finíssima que se anicha sob o púbis depilado. O coração de Luciana explode sob o choque termonuclear dos lábios do seu anfitrião.

– Aiii! – a mulher geme ondulina e da praia de areia finíssima soltam-se espumas de salsugem sobre a língua de Caiande.

Porta adentro nasce o quintal alto como a verde magnificência do enorme tambarineiro. Os transeuntes nem se apercebem do milagre supremo da mulher gemendo de prazer. Quem se apercebe do momento mais mágico na vida do seu amigo é Kapuete, o cão preto como a pedra da Kaaba, na Arábia Saudita. Fica suspenso sobre as quatro patas, os olhos bem abertos e a língua de fora a beber a sede de viver. Não ladra. Nem late. Nada

---

94 Capulana – faixa retangular de tecido estampada com que as mulheres cobrem o corpo abaixo da cintura, entre outros usos.

diz. De língua fora a babar um fluxo pavloviano, deixa o amigo ser devorado na luta contra aquela fêmea da cor das profundezas do rio Kwanza. Quando a dama se inclina para a frente com as mãos agarradas ao corrimão dos ombros do seu interlocutor, as coxas dela fazem pressão sobre a cabeça de Tony e a maré viva da praia pinta-lhe a gola da camisola branca. Tony aperta com mais força a redonda bunda da mulher, levanta-se e ergue-a até à cintura. Invadem a casa de núpcias. Na sala de estar deposita o perfume intenso de lavanda em cima da mesa. A noite entra na casa de Caiande e eu, mero raio de luz do sol, fico cego.

Os dois se dormem ali mesmo, sobre a mesa, enquanto ecoa do gravador de Tony a voz afectiva de Gabriel Tchiema, cantando "Azwlula". O galo canta, o sol se levanta para colar os selos viçosos da terra e eles ainda estão encriptados um no outro, o vestido azul metano, vaporoso, com flores de pétalas de sangue enrodilhado na camisola branca dele, os calções dele e as cuecas de ambos pendendo de uma cadeira.

– Caiande, deixa o teu barco ancorado na minha enseada. Estou ferida de ausências por dentro.

O homem sorri:

– Gosto das tuas metáforas. Ou serão hipérboles?

– Tu não és tradutor? Traduz o que te digo, conforme o bater do teu coração. Nunca vi um homem voar uma noite inteira no céu de uma mulher como tu voaste – acrescenta Lu, beijando-lhe de leve a ponta do nariz. De seguida, dá-lhe no umbigo outro beijo longo, húmido, perpetrado a sal e fecundo de ternura como areia do fundo do mar.

Se jiboiam outra vez na pele um do outro. Até a rola cantar no velho tambarineiro.

2. Os dois descem da mesa, os músculos espalmados pelas tábuas, se enrolam em panos de congo e saem para o quintal. Sentam-se no longo banco de madeira sob a velha árvore, tomando chá de caxinde. Caiande apanha a mão esquerda de Lu:

– Este tambarineiro tem mais de cinquenta anos. Foi o meu pai que o plantou aqui. Ali mais ao canto temos o mamoeiro e a figueira-brava. E mais além a macieira-da-índia e a palmeira. Esta já cá estava quando os meus pais vieram morar nesta casa. Não sei se sabes, mas estas casas do Bungo pertenciam aos caminhos de ferro. O meu pai era maquinista. Nas férias grandes, me levou algumas vezes com ele até Malanje. A árvore das maçãs-da-índia, não sei quem a plantou, porque, quando os meus pais vieram morar nesta casa, ela já aí estava viçosa e a dar pequenas maçãs todo o ano. A minha mãe fez deste espaço uma pequena horta, que mantenho até hoje, em memória dela. Vês ali o caxinde, acolá podes ver couve, jimboa, tomateiros, alho e cebola. As coisas mais básicas da cesta familiar. Eu não me admito comprar cebola e alho importados. Angola tem terra fértil para alimentar a sua própria população. Quando os meus pais morreram, senti-me único no mundo e dei ao quintal o nome de Jardim do Éden. Cada coisa deste quintal tem um nome. Este tambarineiro é a árvore do conhecimento do Bem e do Mal. Tem o nome da minha mãe da mãe, que era professora. A macieira-da-índia está marcada como mamã Zabele. A rola que ouviste arrulhar chama-se Joana, a minha noiva dos primórdios da independência.

Caiande fecha o coração por um instante. Luciana pergunta:

– Calaste o teu coração, porquê?

– Ah!, uma lembrança. Eu costumava sentar aqui aos sábados com o meu vizinho Hermes e os irmãos dele. O Hermes desapareceu, em 1975, foi para Portugal e nunca mais deu sinal.

A irmã dele era minha namorada. Também desapareceu, mas isso é outra história para te contar outro dia. Só ficou o irmão mais velho, que tinha vindo do maquis, em 1974. Mas vive e respira outro mundo, o mundo da angústia.

Toda esta cena idílica está a ser filmada pelos orangotangos celestiais neste sexto dia do Surriso, sexta-feira, 4 de setembro, quando a ministra da Doença confirma por A mais B que o contágio do riso é algo muito esquisito e carece de um estudo muito aprofundado, para lá das leis da medicina, porque só afecta os cerca de sete milhões do outro lado do muro. Então persuade o comandante-em-chefe e seu séquito do conselho de segurança nacional a regressar a Luanda e a autorizar o executivo a deixar a Ilha do Mussulo. O comandante decreta o fim do estado de emergência. Luanda passa ao estado de calamidade. Que todo mundo ande à vontade, sempre com a máscara posta.

Os membros do conselho de segurança regressam a Luanda na mesma hora, assim como o pessoal das grandes potências que mandam na humanidade regressam a Nova York, Londres, Pequim, Moscou e Paris. O executivo navega em diversos iates desde a Ilha do Mussulo para a marinha da Ilha de Luanda, onde os esperam diversos Lexus para uma reunião urgente com o comandante-em-chefe, ainda esta noite.

3. Prisioneiro do muro, o lixo cresce como mateba, porque não se pode levar a porcaria deste lado para o aterro sanitário dos Mulenvos, muito depois de Viana. A metade murada está cheia de moscas-varejeiras que visitam cada casa, principalmente à hora da refeição familiar.

Às 23 horas, sentado à mesa de trabalho na sua casa no Bungo, António Caiande recorda *O Senhor das Moscas*, título de um filme rodado em 1963, a partir de um romance do escritor inglês William Golding, prémio Nobel da Literatura em 1983. Uma estória incrível de um grupo pequeno de adolescentes ingleses que naufraga numa ilha no Pacífico e por lá ficam longos e penosos dias, entregues à sua sorte. Passados poucos dias, os miúdos já estavam divididos. Um grupo era liderado por um deles, que tinha muito jeito para a caça e para os jogos de crueldade. O seu chefe mata um javali e espeta a cabeça num pau, dentro de uma gruta. A cabeça vai apodrecendo e atrai milhares de moscas. Com este totem animalesco, o chefe do grupo torna-se o Senhor das Moscas. Munidos de lanças de madeira pontiagudas, aliciam outros miúdos do grupo da paz até este ficar reduzido ao seu líder. O líder é dessa forma perseguido com as lanças de madeira e, quase a ser morto em plena praia, atira-se ao chão, fatigado, pronto para morrer. A mão de Deus age. Quando levanta o rosto, vê à sua frente um oficial da marinha inglês que olha para os perseguidores de lanças na mão e pergunta:

– Afinal, o que é que se passa aqui?

As imagens desse filme vêm-lhe à mente naquele momento, por mera associação. Todos os dias, a casa de Tony é inundada de moscas varejeiras. Rondam o quintal e, sem dar por ela, já estão na mesa de jantar, por toda a casa. Agora, enquanto escreve no computador, incomoda-o o zumbido de duas ou três à volta da sua cabeça até altas horas da noite.

Tony comprara na zunga uma raquete *made in China* de caçar mosquitos. Dá jeito. Mais para trucidar mosquitos. As moscas têm mais olhos que barriga e detectam os movimentos ameaçadores a longa distância. Invadem-lhe o quarto de dormir e já entram pelo mosquiteiro adentro.

Enquanto escreve no computador, está uma mosca a debater-se entre os papéis amontoados na secretária. Espalhou sheltox[95] debaixo da secretária. Há outra mais pequena a debater-se contra a janela. E, na cozinha, pelo menos cinco moscardos esvoaçam entre o fogão e a geleira. Uma delas achou refúgio dentro da própria geleira. Tony fez-lhe marcação cerrada, com a raquete chinesa em pé de guerra. Mas, tal como o Senhor das Moscas no filme, os maus vencem sempre, e ela lá sumiu, para aparecer cinco minutos depois.

Caiande cansou de perseguir as moscas:

– Preciso da mão de Deus – sussurrou. – Preciso que chegue à praia do meu desespero e pergunte mas, afinal, o que é que se passa aqui?

4. Cheira a cobra podre. Os olhos e os gestos das pessoas começam a amarelecer. Onde o tempo amarelece, não há estoque de vacinas. O comandante-em-chefe exonera o ministro da Bufunfa, o ministro da Fofoca, o ministro da Fome, o ministro do Lixo e o ministro da Gasosa, mas deixa na cadeira a ministra da Doença, porque esta ministra tem uma voz tão doce como o rio Bengo a passar por baixo da ponte de Kifangondo e não se exonera uma pessoa com esse tom de voz que, só de ouvi-la, o povo fica intensamente sossegado e esperançado. É nesta altura que o povo cognomina o comandante-em-chefe de exonerador implacável, numa contra-analogia ao filme *O exterminador implacável*, com Arnold Schwarznager. As morgues estão cheias e delas flutua por toda a cidade um doce sabor de gente morta que o vento espalha e as grandes moscas verdes e azuis bebem todo santo dia.

---

95 Sheltox – marca de inseticida comum em Angola.

5. À noite, depois que Luciana regressa à casa dela, Kapuete vê no noticiário das 20 a actualização do Surriso e tosse:

– Tony, meu grande amigo, eu acho que esse Surriso não é nenhum vírus. Deve ser mesmo outra coisa, como pensa a ministra.

– É bem provável, Kapuete. Vamos ver como as coisas vão andar, a partir de amanhã. Vou retomar as aulas no quintal.

Quando se reformou da embaixada alemã, seu primeiro e único emprego desde 1974, António Mateus Caiande decidira ocupar o tempo dando explicações gratuitas às crianças vizinhas, pois verificara que Zacarias, vizinho de 12 anos, tinha enormes dificuldades em escrever e interpretar um texto de uma página. Cobrira parte do quintal com chapas de zinco e ali criara um espaço de educação dos menores. O calendário das aulas ocupava-lhe três dias da semana, segundas, quartas e sextas-feiras, das 10 às 11 horas. Agora que conhecera Lenguessa, o menino de rua deslocado do Lobito, haveria de trazê-lo e ao irmão para as aulas no quintal.

O cão apareceu no portão da entrada, um dia a meio da tarde, com as costelas em estado de deplorável zoomorfologia. O olhar dele, subnutrido, pedia compensação alimentícia. A chuinga[96] na boca de Tony, quando abriu a porta do Kia amarelo, já estava branca e só sabia a borracha. Cuspiu-a. O cão ganhou asa de sapo e alinguou o plástico esvoaçante. A mão de Caiande pegou uma lasca de tijolo perdida no chão junto à parede do quintal e atirou. O cão voltou a nadar no ar, na sua memória fóssil de réptil, e comeu a pedra. Tony abriu o portão e o cão preto como

---

96 Chuinga (do inglês *chewing gum*) – chiclete.

o carvão, esse kambuá[97] escuro como breu, lhe seguiu. O anfitrião foi à cozinha, trouxe um pedaço de carne do jantar de ontem e serviu o hóspede num prato de esmalte amarelo. Enquanto o cão engolia sem mastigar, Tony lhe pôs-lhe a mão na lua desabitada do lombo e lhe baptizou:

– Vieste sem ninguém te chamar, pois eu te chamo Kapuete, o cão biafrense.

O animal de porte médio nem levantou o rosto fino do esmalte amarelo, mas arrebitou as orelhas a dizer que aceitava a denominação.

Dez anos haviam passado. Kapuete tinha perdido o sobrenome de cão biafrense. Está agora engordurado, e o pelo preto brilha as essências do sabonete. É simplesmente Kapuete, um kambwá de pelo preto e luzidio como alcatrão recém-combustado. Já não come borracha nem barro cozido. Agora mais do que comida, digere a conversa desfiada pelo seu melhor amigo, o homem que lhe dera nome, a única soletração que mantinha do passado. Kapuete sorri com aquele olhar felino, semicerrado, e cala o seu instante dissuasor. O cão deita-se no tapete da sala, enrola-se sobre o pescoço e fecha os olhos.

Desde o dia em que acabou a leitura do romance *A festa do bode*, de Mario Vargas Llosa, Caiande encheu-se de estilo para dar continuidade ao sotaque historicista do escritor. Colocar os novos dirigentes todos nessa continuidade narratícia. Pôr no romance o novo comandante-em-chefe, o exonerador implacável, e todos os outros estrategas da sua política de caça-marimbondos. Mas Tony Caiande só sabe escrever relatórios em alemão para o Außenministerium, como na primeira visita da chanceler

---

97   Kambuá – cachorro pequeno.

Ângela Merkel, em 2011. E já o havia reiterado o griô Manuel Rui, um romance não é um relatório de polícia. Por isso, se conta a si mesmo essas fixacções da realidade, nunca postas no papel. Sabia ainda que o Kurrumá, o dos seis olhos, voltara ao activo, embora já velho, agora com mais um olho no dedo indicador, para detectar e apontar os que querem subverter a ordem constitucional: os revus[98].

6. O comandante-em-chefe reúne, nessa mesma noite, o conselho de ministros retirado do Mussulo. O comandante possui um dom adquirido nas artes de jogar xadrez: olha bem cada um dos ministros no fundo dos olhos e logo-logo, o ministro se transforma em peão de tabuleiro. Começam a pensar como ele e a dizer exactamente as palavras que ele teria dito se estivesse nas vestes de ministro. Questionada sobre a tortuosa lixeira em que transformara a cidade capital, a governadora abre um dossier e lê que tudo está sob controle das autoridades, que já se está a publicar o concurso público para contratar novos operadores do lixo. Entretanto, diz a ministra da Doença, a febre amarela aumenta a cada dia na cidade capital. Depois cada titular abre a sua pasta e vai ajuizando sobre os planos da governação: o ministro das Ondas, sobre o peixe que vai todo para o infinito mar e está muito caro na Mabunda; o ministro da Fome, sobre as novas florestas para cobrir o imenso deserto que os chineses deixaram com a sua exportação milimétrica de toros do tamanho de uma

---

98 Revu – abreviatura de revolucionário. Os revus (ou Movimento Revolucionário Angolano) constituíam um grupo de jovens ativistas angolanos surgido em 2011 que lutava contra a má governança e exigia a destituição do então presidente José Eduardo dos Santos.

baleia, com a conivência de empresários locais; o ministro das Máquinas, para se autoglorificar com as novas fábricas de aço, ferro e papel higiénico que os árabes estão a instalar no país; a ministra do Sonho Adiado para dizer que já se podem abrir as instituições do ensino primário, deste lado do muro de onde vos coanto este misoso; e os outros todos falam, falam, falam e falam, até que o comandante-em-chefe os olha bem nos olhos, com os olhos dele semiamolecidos, e todos se calam e vão embora para as suas casas e os seus negócios espúrios.

7. O assunto ultrassecreto, que não transpirou cá para fora, foi o da devolução à China de 21 óculos que deformavam a realidade, os dos titulares das pastas. Estes já vinham da outra era com uma catarata finíssima que deturpava a realidade da coisa pública. Os óculos da China ficariam apenas para os membros das forças e dos serviços.

O SEXTO SONHO DE
HERMES SUSSUMUKU

1 Vi uma cidade muito grande e muito alta. Os edifícios eram hastes de milho verdes e brilhantes. Em baixo havia milhões de cestos vazios poisados no asfalto.

2 Então o grande falcão cinzento de asas redondas, que sorvia com o seu bico pontiagudo um néctar de pedra lilás vindo directamente do céu em cabaças de vidro pequenas que um anjo branco como a cal fazia descer por um fio de ouro com um cesto de ráfia no final, levantou voo desde a nuca da segunda cabeça com os 38 dentes ao longo da tromba.

3 Atrás dele vinham os cabritos também a voar com asas de papel de jornal, sempre rodeados dos camaleões, e havia câmaras de televisão com filtros de ilusões, de modo que o que aparecia no visor das câmaras não era um campo de milho, era uma cidade muito grande e muito alta como os arranha-céus de Nova York.

4 E o grande falcão cor de cinza com as suas asas redondas reunira atrás de si em pleno céu azul meia dúzia de falcões com gravatas de seda púrpura e todos os camaleões, que agora dominavam a arte de voar com asas de papel de jornal bem compridas. Todos eles arrancavam as espigas mais altas, devorando as mais fartas e apetitosas maçarocas de milho. Depois os cabritos comeram o milho disperso aqui e acolá no chão seco da cidade.

5 Na cidade só tinham ficado paus de milho ressequidos que se curvavam ao menor sopro de vento sobre os milhões de quindas vazias.

6 *E eu, Hermes Sussumuku, olhava para tudo aquilo, caminhando e afastando as hastes secas de milho com os pés para poder sair dali. Só que a cidade do milho era tão vasta que não tinha fim. Entrei em desespero porque não via a saída.*

VII – COLONO, O CAMALEÃO
Música: "Valódia", de Santocas

> *Povo angolano*
> *todos bem vigilantes*
> *porque no neocolonialismo*
> *a repressão é pior*
> *a miséria é um martírio*
> *a pobreza também*
> *e o neocolonialismo não tem cor...*

(Santocas – "Valódia", canção lançada em Luanda em 1974)

1. Às cinco horas em ponto, nem um segundo a mais, nem um segundo a menos, o coração de José Sussumuku sangra sempre o dia em que o seu irmão Hermes lhe dera a ler, tim-tim por tim-tim, os sete sonhos que tivera e a interpretação que ele próprio fizera do cursivo inclinado para a direita no caderno. É muito cedo e mamã Zabele está no quintal a escovar os dentes com o mwxi wa kimbungu, o graveto do tamanho de um lápis com as pontas desfiadas, e carvão com sal. Os dentes da boca de mamã Zabele não são só os mais brancos, mas também os mais perfeitos e luminosos de todo o beÓ. É quando o cheiro do café fervido no carvão e coado em pano de gaze começa a querer invadir o céu.

– Os sonhos são sempre falsos, meu irmão – lhe desfez a alma, lhe olhando muito sério. – Não é possível isto acontecer sob o governo do MPLA! Não há ninguém dentro do MPLA capaz de cometer tanta atrocidade contra o próprio povo. Trair a pátria dessa forma, roubando como um gatuno rouba um banco. Nem hoje, nem daqui a cinquenta anos. Não é possível isto acontecer sob o governo do MPLA. Nós não lutámos para ter este tipo de independência, mano, vou rasgar esta merda, isto é uma grande fantasia – sentenciou José contra os sonhos do irmão a lhe olhar perplexo.

José pegou no fino caderno de sete folhas soltas, acendeu um fósforo de marca Palanca, da indústria fosforeira de Angola (IFA) que ficava ali na Quinta Avenida, na zona industrial do Cazenga, e pegou fogo ao material onírico, pura ficção com bué[99] de animais, escrito no verso dos ofícios que José trazia do estado-maior. Hermes viu as folhas virarem cinza. Não se preocupou. Tudo estava na sua cabeça. Podia reescrever os sonhos. Ou talvez fosse melhor não. Hermes não tinha noção de que as sete folhas com um sonho sintético cada uma tinham toda essa perigosíssima e surpreendente revelação do futuro de Angola. Ficou só calado a olhar o irmão, o fogo a extinguir-se, levando os sonhos dele. Aquele encontro tinha-se dado no dia 12 de maio de 1975. Dia seguinte acordou muito cedo de manhã e, no banho, cantou uma canção da escola primária, *ai que coisa boa, a gente ver o sapo, no fundo da lagoa, batendo com o papo, wondó karindu, wondó ku Mbaludu, panga jingindó, wondó karindu, wondó ku*

---

99 Bué (do quimbundo "mbuwe") – grande quantidade, muito.

Mbalundu, panga jingindó. Ele também não sabia o significado desta letra em umbundu. Gostava da melodia. A voz saiu-lhe muito vaporosa como cinza levada pelos pés das crianças do mato. Arrumou uma mala com algumas roupas e, sem mesmo se despedir de mamã Zabele (apenas deixara um pequeno bilhete debaixo da porta do quarto dela: *Mãe, vou embora pra Lisboa. Até um dia. Hermes, teu filho querido*), foi ao aeroporto procurar o seu patrão, Zé das Molas. Lhe encontrou no meio de outros brancos sentados sobre malas, maletas e caixas, à espera do primeiro voo da ponte aérea do IARN. Das Molas tinha uma fatia de broa de milho na mão esquerda e, na direita, um canivete, um pedaço de presunto e outro de queijo, que ia cortando, juntando a broa e comendo devagar.

– Sô Zé, por favor, me inscreva na sua ficha do IARN, não quero mais ficar em Angola.

2. Às cinco horas, nem ele sabe porquê, José Sussumuku recorda sempre o dia em que o seu irmão Hermes lhe dera a ler, tim-tim por tim-tim, os sete sonhos que tivera. É muito cedo. Mamã Zabele está no quintal a escovar os dentes com o mwxi wa kimbungu. Está na hora de colocar a mochila de vinte quilos de pedras às costas e fazer o matutino militar de ida e volta até Viana. Se não correr todos os dias essas cinco horas, das cinco às dez horas, a cabeça pode rebentar tipo uma granada defensiva. Porque carga de água respondera ele à inocência de Hermes, o sonhador, seu irmão de sangue, de forma tão militar? Nunca lhe saía da cabeça o sotaque e o ritmo nervoso da própria voz:

– Porque me deste este manuscrito de sete folhas, Hermes? Isto aqui é tudo uma fantasia, pá, parece uma fábula de Esopo ou La Fontaine...

– Te dei essas folhas, mano, porque a mãe sempre diz que tu pareces maçónico, adivinhas coisas, vês o que nós não vemos. Esses sete sonhos que sonhei no hospital militar foram sete pesadelos, José. Saíram do meu sono com uma nitidez quase real. Vivi-os intensamente, como se fosse agora que estou acordado. Por isso é que os registei em papel.

– Saíram com uma nitidez quase real!? – gozou José. – Então vamos lá ver, Hermes. Vou te dizer a minha versão de cada um desses pesadelos. Só assim perceberás que são um conjunto de visões sem nexo, sem sentido, totalmente ambíguas e incongruentes. Os teus escritos parecem mais um conto da nossa tradição oral, um misoso. Olha, se eu fosse escritor, se eu fosse, por exemplo, o La Fontaine, já tinha o título dessas tuas fábulas de hospital: *As metamorfoses do elefante*. Senão vejamos. Os três elefantes, sentados num jango, a conversar e a beber maruvo, quem mais podem ser, senão os três movimentos de libertação? Segundo o teu primeiro sonho, os movimentos de libertação vão entrar numa guerra feroz. Mas tu sabes que eles foram ao Alvor, assinaram os acordos de paz para formar um governo de transição[100]. Se vão lutar pelo poder, então porque assinaram esse acordo?

"Vamos agora ao segundo sonho. Isso de segurares o teu próprio pénis na mão esquerda como uma coisa estranha ao teu

---

100 O Acordo de Alvor foi assinado em 1975 na cidade de Alvor, sul de Portugal, entre o governo português e os três principais movimentos de libertação angolanos, com o objetivo de realizar uma transição pacífica de poder após a independência do país. Não foi o que ocorreu, devido às rivalidades entre os movimentos e a intervenções de potências estrangeiras, e uma guerra civil iniciou-se pouco depois da assinatura, durando intermitentemente até 2002.

corpo é uma coisa só tua: perda de autonomia, de virilidade? Em princípio, a abdução do pénis é sinónimo de impotência. Impotência, talvez, perante o que presenciaste sem conseguires reagir. Mas é um aspecto pessoal, teu. Neste sonho, o que importa analisar é a fileira comprida de camaleões camuflados de verde. Só podem ser militares. E se, no teu primeiro sonho, o elefante da cabeça vermelha, que só pode ser o MPLA, é o único e incontestável vencedor, quer dizer que o MPLA vai prender muita gente e, dentre essa gente, vai vir aqui em casa me prender a mim e à nossa irmãzita? A mim? E vão me torturar, Hermes? Mas tu estás maluco, ou quê? Eu, um guerrilheiro, eu, um devoto do Agostinho Neto, porque é que me haviam de prender e torturar dessa forma? E, quanto à nossa irmã, ela é muito novinha e não sabe nada de política. Vão lhe levar e nunca mais vai voltar, porquê, Hermes? Hermes! Hermes! Tem alguma lógica? – gritou José para o irmão, indignado.

"Vamos ao terceiro sonho, mano. Neste sonho, o mais relevante é o final do poema do Agostinho Neto: *'Para banalizar um acontecimento quotidiano/ vindo no silêncio da noite/ do musseque Sambizanga/ – um bairro de pretos!'*, e a data que está no final: 1 de setembro de 2020. Daqui a 45 anos! E Neto está numa tal de Praça da Independência, em Luanda. Bom, se o Estado vai construir uma praça para celebrar a independência, isso é uma grande possibilidade. Quanto ao poema, não se pode trasladar o conteúdo de uma situação colonial para a independência. Então achas que o tratamento que os colonos deram aos pretos do Sambizanga, essa crueldade toda descrita no poema, vai voltar a repetir-se numa futura república de Angola?"

José, o maçónico de mamã Zabele, que desde miúdo tinha visões e sabia interpretar os sonhos dos mais velhos, fez uma pausa, bebeu do copo de cerveja pousado sobre a mesinha de centro, e continuou:

– Por isso é que eu daria a este teu maço de papéis o título de *Metamorfoses do elefante*. Aqui está: o elefante adquire uma segunda cabeça. E dá-me a crer que os novos dentes que vão nascendo ao longo da tromba representam idades, anos. No meu modesto entendimento, a primeira cabeça é o primeiro presidente do país. A segunda é a do segundo mandatário. Se a primeira cabeça só tem quatro dentinhos na tromba, quer dizer que Agostinho Neto vai sair do poder quatro anos depois da independência. Por que vias? Golpe de Estado? Morte? Isso é estranho. Neto é ainda muito novo. Só tem 53 anos. E escreveste aqui que havia uma vaca enorme de fogo negro. A mim, parece-me que essa vaca representa a maior riqueza de Angola, o petróleo, visto que o falcão cinzento ordenha os mamilos da vaca e deles sai um espesso leite preto, o crude[101], Hermes! E então esse falcão saído da barriga do MPLA vai roubar essa riqueza toda e vai atirá-la para longe do nosso país? E vai levar uma vida de lorde, a beber o néctar caído do céu? E, o mais grave, depois de espremer até secar as tetas da vaca petrolífera, vai ficar instalado na nuca da segunda cabeça do elefante, como o segundo homem do país? Isso é inadmissível, Hermes! Nunca, mas nunca mesmo, te digo eu que vim das matas, nunca o MPLA vai admitir um fenómeno dessa natureza. Isso é gatunagem, Hermes. É coisa de gângsteres. Só a máfia italiana seria capaz de uma roubalheira dessa magnitude e de uma colocação de tal mafioso no segundo plano da governação de um país. Mas nem na Itália se

---

101   Crude – petróleo bruto.

constou que isso tivesse acontecido. Olha, amanhã vou trazer-te os estatutos do nosso MPLA. Vais ficar a saber que este teu sonho é impossível!

"Deste acto é que resultariam então os cabritos amarrados cada um na sua mandioqueira, a abocanhar gotas perdidas do leite preto e, o que é gravíssimo, as mandioqueiras (o povo), a murchar, isto é, a sofrer de uma fome terrível que levaria à morte muita gente. Agora me lembro dum provérbio que aprendi lá em Brazzaville: 'o cabrito come onde está amarrado'. Será que o nosso país independente vai viver politicamente à sombra desse provérbio rural? É o cúmulo do absurdo da previsão política. Só se for outro partido a fazer uma coisa destas, Hermes. Nunca o MPLA! Estive a estudar o que escreveste na quinta folha, o teu quinto sonho. O terceiro elefante escorraçado no início vai regressar e vai ser de novo corrido e o seu guia, o galo preto, vai ser liquidado na guerra civil. Isto quando a segunda cabeça completar 23 dentes sobre a tromba. Quer dizer que será uma luta, uma guerra civil de 23 mais os quatro da primeira cabeça, o que perfaz 27 anos de guerra, Hermes. Nenhum país aguenta trinta anos de guerra civil. Morreremos todos. Nos Estados Unidos, houve guerra civil, mas só durou cinco anos."

José tomou mais dois goles seguidos de cerveja gelada. Aquele manuscrito do irmão estava a dar-lhe uma enorme sede:

– Cá está o resultado da secagem das tetas da vaca e da longa guerra. A fome que relatas no teu sexto sonho, Hermes. E isto depois de 38 anos de governação da segunda cabeça e, mais, quando o elefante do galo preto tiver já sido derrotado. Já em tempo de paz em Angola. Este comportamento significa apenas reaquecer o chá já frio do colonialismo. Todas estas imagens dos teus sonhos, Hermes, são a mais pura negação da luta armada de libertação. Então quer dizer que, quando eu fugi em 1971, daqui da nossa casa no beÓ, para Brazzaville, não fiz nada de especial. Corri riscos na guerra, para quê? Não fizemos libertação nenhuma. Só mesmo num sonho de pesadelo, Hermes! – José deu uma gargalhada nervosa e acabou a cerveja do copo.

"Ora bem, vamos lá então à última página. Sonhaste que viria uma terceira cabeça. Angola vai ter então, num prazo de 38 mais quatro, isto perfaz 42 anos de independência, o seu terceiro presidente. Todos do MPLA. E vai ser uma terceira cabeça do MPLA que vai cortar a segunda cabeça. Mas, antes, salvaguarda o tal de falcão cinzento. Foda-se, Hermes, mas que raio de chefes serão estes? Puta que pariu, mano! E sonhaste tu que essa cabeça cortada rolará até ao estrangeiro, atravessando o oceano. Porque seria? Se a terceira cabeça faz exactamente o que a segunda fez? Terminas o teu sexto sonho com um pesadelo: não vês a saída da cidade do milho. Então, achas que, depois de 45 anos de independência, o país vai entrar num estado de tal modo desnaturado que já não haverá saída para o desenvolvimento do nosso povo (as quindas vazias no chão), tudo será apenas fachada filmada pelas câmaras de televisão deformadas com lentes de ilusão perpétua? – questionou, socrático, José. Um suor frio escorria-lhe do rosto.

Chegado a esta última revelação do caderno de sonhos do irmão, José Sussumuku mudou de semblante, como se tivesse despertado de um sono profundo, pegou numa caixa de fósforos e queimou toda a papelada, dizendo aquilo que vocês já ouviram coantar lá mais para trás.

3. Pôr-do-sol de sábado, dia 5 de setembro de 2020. Maçã da índia oxidada. Greta de planta de pé de zungueira. A rapariga, sete

dias atrás a rir às gargalhadas sentada entre os bancos do meio do candongueiro na paragem da Estalagem, está agora sentada e muda no quintal da sua casa junto ao Hospital do Gamek, nos confins do Cazenga. Tal como naquele dia apareceu, a epidemia de Surriso desaparece dos lábios das pessoas: envolta no seu véu de mistério. Tal como naquele dia, também hoje o silêncio desta rapariga contagia os sete milhões de moradores do outro lado do muro. As imagens transmitidas pelos 45 drones equipados com instrumentos de rastreio e videovgilância mostram uma enorme massa de pessoas de todas as idades, muito magras como Kapuete, o cão biafrense no início da sua amizade com António Caiande, umas sentadas, outras deitadas no chão, numa atitude de repouso dos sete dias a rir sem parar. Foi uma semana em que imperou no outro lado do muro o regime não planificado, mas naturalmente imposto pelo vírus do riso, da distribuição equitativa do capital. Uma semana sem crimes, em que toda a comida lançada pelos helicópteros era milimetricamente repartida.

4. Agora, ronda o outro lado do muro um silêncio sepulcral, no verdadeiro sentido da palavra. Os dois médicos enviados pela OMS olham perplexos para o ecrã do computador que o CISP (Centro Integrado de Segurança Pública) lhes disponibilizou para monitorarem as imagens transmitidas pelos drones. Então, sem olhar para as mais de cem páginas de inúteis resultados de análises do Surriso, a médica francesa do Instituto Pasteur chama o seu colega inglês à planilha do computador no gabinete instalado propositada e exclusivamente para os dois no Hospital Josina Machel-Maria Pia e lhe dá a ler este relatório inserido na página da Wikipédia, a enciclopédia livre:

"EPIDEMIA DE RISOS EM TANGANICA

Origem: Wikipédia, a enciclopédia livre.

A epidemia de risos em Tanganica de 1962 foi um surto de histeria em massa – ou doença psicogénica em massa (MPI, da sigla em inglês). Há rumores de ter se iniciado na região da aldeia de Kashasha, na costa ocidental do Lago Vitória, na moderna nação da Tanzânia (anteriormente era parte de Tanganica, antes da união desta com Zanzibar), perto da fronteira com o Uganda.

História

A epidemia do riso começou em 30 de janeiro de 1962, num internato administrado por uma missão para meninas em Kashasha. O riso começou com três meninas e se espalhou ao acaso por toda a escola, afectando 95 das 159 alunas, com idades entre 12 e 18 anos. Os sintomas duraram de algumas horas a 16 dias nos afectados. O corpo docente não foi afectado, mas relatou que as alunas não conseguiam se concentrar nas aulas. A escola foi forçada a fechar em 18 de março de 1962.

Depois que a escola foi fechada e as estudantes mandadas para casa, a epidemia se espalhou para Nshamba, uma vila que abrigava várias meninas. Entre abril e maio, 217 pessoas tiveram ataques de riso na aldeia, a maioria crianças em idade escolar e jovens adultos. A escola de Kashasha foi reaberta em 21 de maio, mas foi fechada novamente no final de junho. Em junho, a epidemia de risos se espalhou para o colégio feminino de Ramashenye, perto de Bukoba, afectando 48 meninas.

A escola onde a epidemia surgiu foi processada por permitir que as crianças e seus pais a transmitissem para a área circundante. Outras escolas, a própria Kashasha e outra aldeia, formada por milhares de pessoas, foram todas afectadas em algum grau. De seis a

18 meses após o início, o fenómeno desapareceu. Os seguintes sintomas foram relatados em escala igualmente maciça como os relatos do próprio riso: dor, desmaios, flatulência, problemas respiratórios, erupções cutâneas, ataques de choro e gritos aleatórios. No total, 14 escolas foram fechadas e mil pessoas foram afectadas.

Causas

Charles F. Hempelmann, da Purdue University, teorizou que o episódio foi induzido por stress. Em 1962, Tanganica tinha acabado de ganhar a sua independência, disse, e os estudantes relataram estar stressados por causa das expectativas mais altas dos professores e dos pais. **O MPI, diz ele, geralmente ocorre em pessoas sem muito poder. "O MPI é o último recurso para pessoas de baixo status. É uma maneira fácil para eles expressarem que algo está errado."**

O sociólogo Robert Bartholomew e o psiquiatra Simon Wessely apresentaram uma hipótese de histeria epidémica específica à cultura, ressaltando que as ocorrências na África na década de 1960 eram predominantes nas escolas missionárias e a sociedade em Tanganica era governada por anciãos tradicionais rígidos, de forma que a probabilidade é que a histeria fosse uma manifestação da dissonância cultural entre o "conservadorismo tradicional" em casa e as novas ideias desafiando essas crenças na escola, que eles denominaram "reações de conversão".

"Tal como na Tanzânia, a histeria de riso em massa de Luanda teve como causa próxima o chumbo definitivo pelo Tribunal Constitucional do projecto do Partido do Renascimento Angolano – Juntos por Angola (PRA-JÁ SERVIR ANGOLA), de Abel Chivukuvuku, em finais de julho deste ano do Surriso." Este diagnóstico da médica francesa do Instituto Pasteur é de imediato transmitido, via Zoom, para o palácio da colina de São José. Com a ministra da Doença ao lado, já sem a máscara. Tudo porque a médica francesa do Instituto Pasteur tem o vício da zappiência na internet. Visualizou um vídeo viral no YouTube, onde aparece um deputado bakongo chamado Makuta Nkondo, um verdadeiro bocante da verdade, afirmando com toda a veemência: "O MPLA tem medo do Abel Chivukuvuku, porque a CASA-CE venceu as eleições de 2017." Para vocês que são estrangeiros e estão agora a ouvir o meu coanto, a CASA-CE foi o primeiro projecto independente de Abel Chivukuvuku, ex-dirigente da UNITA de Jonas Savimbi, o jaguar negro dos jagas. Mal vencido, segundo Makuta, em 2017, e cilindrado da direcção da CASA num passe de mágica próprio do fazer político dos países da África subsariana, Chivukuvuku carregou os seus seguidores da CASA, arregimentou outros e entregou ao tribunal Constitucional o seu projecto do PRA-JÁ SERVIR ANGOLA, o potencial partido com a maior sigla jamais criada em Angola. Durante mais de um ano, a comissão instaladora foi e voltou, uma, duas, três vezes e depois interpôs recurso com a papelada exigida para o reconhecimento do partido. A lei exige 7.500 assinaturas. A comissão fez a entrega de mais de 30 mil. Depois de pedidos de emenda, o tribunal procedeu à liquidação do projecto, com rejeição da documentação, alegando ambiguidades, irregularidades e outras incompatibilidades com a lei. Um recurso final do PRA-JÁ SERVIR ANGOLA foi chumbado e o partido impedido de participar na vida política nos próximos quatro anos.

Não foi o chumbo deste projecto que criou uma profunda desilusão nos seus seguidores. O surto de riso em Luanda nasceu de um estado de stress que desencadeou a doença psicogénica em massa por causa de assistirem na mídia à novela rocambolesca de um órgão de justiça a jogar ao gato e ao rato com um político muito conhecido. Aquilo não era mais num jogo judicial. E uma das pessoas que só acompanhava a desdita de Chivukuvuku pela televisão e nem tinha nada a ver com o político, nem sequer tinha idade de voto, só mesmo de assistir televisão, foi a tal jovem que explodiu de riso naquela manhã, ali no táxi-candongueiro parado na Estalagem. Está-se mesmo a ver porque é que o juiz presidente do tribunal dos partidos quase nado-mortos[102] não podia aprovar o projecto de Abel Chivukuvuku: do outro lado do muro estavam mais de sete milhões de apoiantes e de simples indignados com a forma como se destruiu a luta daquele que a imprensa denominou de único animal essencialmente político em Angola. Tal como teorizou Charles F. Hempelmann, da Purdue University, a doença psicogénica em massa "geralmente ocorre em pessoas sem muito poder, é o último recurso para pessoas de baixo status. É uma maneira fácil para eles expressarem que algo está errado".

Os do lado de cá do muro são cidadãos habituados à situação, governantes e familiares, funcionários que mamam os restos do leite da vaca petrolífera, agentes dos serviços e outros pacatos cidadãos com medo da mudança, religiosos ou simples conservadores e resignados, de bico calado, como os operativos que guardam as casas e lojas dos ricos. Empregadas domésticas, lavadores de carros e outros serviçais paupérrimos, bem como os rapazes de rua sem nada, de tanto privarem com os bosses[103]

---

102   Nado-morto – natimorto.

103   Bosse (do inglês "boss") – chefe, patrão.

ou em torno deles, trazem na alma parte da aura do conservadorismo, ou têm o coração pulsátil de extrema resignação. Este grupo restrito não fora atingido pela doença psicogénica em massa.

4. Enquanto sua excelência o comandante-em-chefe recebe via Zoom no palácio de São José a súmula da grande descoberta da médica francesa, utilizando apenas a internet, Zabele revive o "genro" dela, nos seus 22 anos, quando tinha ido lá em casa anunciar o namoro com a filha dela. Sente um certo torpor na latitude das têmporas. Uma lassidão, como quem quer voar e não encontra as asas sobre as omoplatas. Vai para o quarto e senta-se na cama. Acende o abajur da mesinha de cabeceira, abre o caderno e escreve: "Quero ver o meu genro Tony." Feli, a neta adoptiva de Zabele, pega no celular da avó e chama tio Caiande, vem, a mãe Zabele quer te ver agora.

A noite canta o seu silêncio de grilo no velho tambarineiro que tem o nome da sua mãe, morta por uma bala perdida do cano de alguma espingarda dos movimentos de libertação. A sombra do tambarineiro é a sombra da mãe dele. No dia em que gravou Carlinda na casca do tambarineiro com um canivete superlimado, Caiande perguntou ao vento que soprava calmo: "A minha mãe não morreu na mão do colono. Morreu na mão do próprio angolano. Foi para isto que lutámos pela independência?"

O pai chorou tanto quando viu o nome da falecida mulher escrito no caule da árvore, que dos seus olhos caiu uma argila transparente que se colava às paredes da sala do velório.

Tony passa por baixo das altas e largas palmas da árvore onde bailam alguns ninhos de canários do Bengo, e dirige-se preocupado à casa da sua sogra putativa.

A velha recebe na face o ósculo de Tony, olha-o de cara levantada, abre os olhos desmesuradamente, e volta a falar pela primeira vez depois de muitos anos:

– Meu filho Tony, obrigado por amares tanto a minha querida Joana. Mas tens de conquistar uma mulher para ti. Quarenta e três anos sem esposa em casa é muito tempo! Ainda podes ser pai!

Ditas estas palavras, abraça Tony Caiande com força e revive dois momentos marcantes da sua vida. Vê Benvindo e Joaninha a rirem às gargalhadas para ela, no quintal da casa do beÓ. Com essa visão muito linda à sua frente, sorri seu último pedido nos olhos marejados de Tony:

– Meu filho, quando eu fechar os olhos, me compra um bilhete de avião na TAAG, pra me levar até no Céu... – e fecha os olhos para toda a eternidade.

Mamã Zabele morre pela quarta e última vez.

5. Logo no dia seguinte ao triste acontecimento, domingo, o óbito enche a casa da defunta de visitantes que vêm até de Malanje, sua terra natal, e das Lundas, terra do marido morto em 61. A tradição africana, milenarmente conservada desde os tempos faraónicos, reúne-se ali no beÓ. Mamã Zabele é uma verdadeira matriarca, rainha em Malanje e santa de Luanda. O passeio em frente da sua casa é inundado de cadeiras de plástico onde se sentam os futuros defuntos. Vê-se ali sentado na sala da casa, dada a sua magnificência, Kabongo, rei da Baixa de Kasanji, descendente da linhagem de Ngola Kiluanji kya Samba, pai da rainha Njinga Mbandi. Sobas e regedores de todas as aldeias de Malanje, e Nhakatolo, rainha dos povos Luvale, também ali se encontram. O nome Sussumuku (surpresa) do marido da defunta,

morto em 61, é muito celebrado e cantado desde os tempos da luta armada na região dos Tshokwe. O próprio comandante-em--chefe insta o governo a providenciar o necessário apoio logístico, com a relevância patriótica de que o primeiro filho de Zabele fora guerrilheiro do MPLA, comissário político das forças armadas nos anos 80 e é hoje coronel na reserva. Oito mulheres se revezam na cozinha, confeccionando o feijão de óleo de palma, o peixe frito e grelhado, o arroz branco, a mandioca e a batata--doce cozidas, e o eterno funge de peito alto. Pela madrugada dentro, joga-se às cartas e fala-se até esgotar os temas mais comuns, como o contágio do Surriso, e todo mundo se põe às gargalhadas, depois contêm-se, estamos num óbito, meus senhores, há que ter respeito pela defunta. O que nunca se esgota são os temas mais altos da política. Apesar da advertência, algumas vezes lá se ouvem risadas das anedotas que alguém sabe dizer com mestria. Uma máquina de tirar cerveja é instalada no quintal e os convivas dirigem-se ao balcão das bebidas, a pedir um uísque, sumos, aguardente e café. Para o velório, 15 irmãs da igreja católica, todas elas vestidas a rigor de bessanganas, cantam salmos e hinos toda a noite. Em kimbundu.

6. O enterro de mamã Zabele, dia 9 de setembro, é um acontecimento de Estado. Nesta quarta-feira, vemos lá no cemitério da Santa Ana o cardeal, o próprio comandante-em-chefe acompanhado de vários membros do governo, as autoridades tradicionais já anunciadas no velório, o arcebispo emérito de Luanda e São Tomé, o chefe da Casa Civil, dirigentes dos partidos da oposição, a vice-presidente do partido da situação, homens de negócios, multimilionários à custa do Estado, agora mais conhecidos por marimbondos, todos os adeusistas de mamã Zabele inundam

o espaço do cemitério dentro dos quatro muros. Porém, o que mais ilumina o espaço do cemitério é uma multidão de 333 mulheres de idades entre os 22 e os sessenta anos, todas vestidas de noiva, alvas como a cal lavada pelo sol do meio-dia. Ocupam uma ala do cemitério, alinhadas como um esquadrão do exército de salvação. São todas as esposas abençoadas pelos trajes de noiva que mamã Zabele modelou sobre o manequim de plástico e depois costurou na velha Singer a pedal. Cantam em uníssono o capítulo 4 dos cantares de Salomão. Cantam em kimbundu este *"Eye tata, ku uaba kuabi/ kazola kami, kuaba kuay, ku wala naku!"* (Eis que és formosa, amiga minha, eis que és formosa...), até ao versículo 7.

O enterro marcado para as 10 horas só tem início às 11:30. O angolano nunca cumpre horário, nem na hora da morte. O pároco da igreja do Carmo faz a oração de encomenda da alma a nosso senhor Jesus Cristo, que morreu pelos nossos ilimitados pecados, amém, e Tony Caiande profere o discurso fúnebre em honra da falecida:

– Hoje, viemos enterrar aquela que em vida se chamou Isabel Felismina Sussumuku, a nossa mamã Zabele. Deixa-nos aos 79 anos de idade, depois de uma vida de grandes batalhas, uma vida construída ao lado do seu marido, o nosso pai Benvindo Sussumuku. Quem devia estar aqui hoje a acompanhar a nossa querida mãe Zabele à última morada, para além do filho mais velho, o meu ilustre amigo José Sussumuku, seria a Joaninha, minha noiva. Infelizmente, a vida tem destas coisas: os filhos morrem antes dos pais. Paz às suas almas!

Caiande defende que não se deve torturar os vivos, de pé, em redor do acto de sepultar os mortos, com discursos pomposos, repetidos e prolongados. O caixão desce à cova funda. Tony é o primeiro a atirar um punhado de terra vermelha sobre as tábuas da urna envernizada onde jaz mamã Zabele sempre impecável no seu traje de bessangana, com o jogo de missangas finas ao peito, seis colares a condizer com a cor das roupas. Depois que a campa é fechada, voam flores e Feli, a neta adoptiva de Zabele, deposita a coroa de flores com o nome da falecida.

Só um ano depois do funeral é que eu percebi porque é que o cardeal se fez de pé junto à cova e proferiu estas palavras:

– Neste santo domingo, a nossa irmã em Cristo, mamã Zabele, vai a enterrar. Foi uma santa mulher, uma angolana sofrida que perdeu o marido às mãos do colonialismo. Mulher lutadora, marcou a sua presença neste mundo com actos que honram a fé cristã e aos quais a igreja dará a devida atenção. Que a sua alma descanse em paz.

Então se levanta do chão uma poeira tão fina e tão cor-de-rosa como a poeira do bairro Fubu, nome dado pelos moradores por via da poeira finíssima e tão cor-de-rosa com que uma pessoa que lá passa umas horas sai do bairro totalmente fubulado. Fubulado sai do cemitério o cardeal com a batina purpurina soltando chispas de poeira e fubulados saem de lá o arcebispo emérito de Luanda e São Tomé, o chefe da Casa Civil, os dirigentes dos partidos da oposição, a vice-presidente do partido da situação, os homens de negócios, os multimilionários à custa do Estado, agora mais conhecidos por marimbondos, a rainha dos Luvale e o rei de Kasanji, os sobas, os regedores, os membros do governo e todos os adeusistas de mamã Zabele e também sua excelência o comandante-em-chefe amparado por dois guarda-costas, para não ser derrubado pelo vento. No seu esquadrão compacto continuam as 333 noivas entoando o cantar de Salomão. Neste preciso e derradeiro instante das exéquias, passa entre as nuvens um Boeing 747 da TAAG. Tony, o último a sair, vê o mwxi wa kimbungu, o pau de escovar os dentes de mamã Zabele, cair do avião sobre uma campa. Apanha a escova de dentes vegetal e guarda-a no bolso da calça. Tem a certeza que mamã Zabele está ali no avião da TAAG a voar para o Céu.

7. A igreja investiga a vida e obra de mamã Zabele. Cada vestido de noiva que ela costurou deu origem a casamentos duradouros e imensamente felizes para sempre, como nas novelas cor-de-rosa de Corin Tellado. Um ano depois do funeral, será beatificada Santa Isabel do beÓ pelo Papa Francisco. Com essa santificação, mamã Zabele destruirá a antiga fama do beÓ, mais conhecido no tempo do colono como o paraíso das putas. A obra de costura de mamã Zabele sacralizará o bairro Operário por toda a eternidade.

Sobre o manequim de plástico de pé na sala de costura, mamã Zabele modelou lindos e leves vestidos de noiva, com as medidas da noiva, mas com tal carinho e devoção como se fossem para a sua filha desaparecida. Esse manequim onde mamã Zabele moldou com agulha de coser as peças originais dos vestidos, antes de as levar à velha e incansável máquina Singer, esse mesmo molde com o vestido original da sua filha desaparecida em 1977, ficou ali na sala depois da morte da modista. E as meninas casadeiras continuarão a fazer romarias à velha casa, tocarão no vestido nunca vestido e sairão de lá abençoadas pela Santa Isabel do beÓ.

8. Nesse mesmo domingo, depois de sair do funeral de mamã Zabele, o comandante-em-chefe decreta o derrube do muro. Os chineses cumprem mais essa empreitada em apenas três horas.

Derrubar é mais fácil do que construir, assim nos ensinaram todas as revoluções da história da humanidade. Tal como em Berlim, quando acabou a cortina de ferro, deixaram apenas uma parcela de cem metros onde os grafiteiros revus do outro lado tinham pintado indignações e outras obscenidades que não cabe a mim estar aqui a expor. Na parte interior dessa parcela intacta, alguém deste lado do muro desenharia dias depois a tinta fluorescente de spray a imagem de mamã Zabele, nos panos riscados de bessangana, o lenço na cabeça, o riso atenuante dela. Em cima esta legenda: Santa Isabel do beÓ.

9. Caiande regressa à casa da falecida para o rito dos pêsames. Acaba de fechar-se um ciclo na vida do bairro Operário e, com ele, o aroma de doce de coco, a efervescência da quissângua[104] com um cheirinho de gengibre, o cheiro dos tecidos alvos dos vestidos de noiva e o som da máquina Singer, durante décadas presentes na aura da renovada casa.

Tony senta-se num dos cantos da velha casa, com o prato de peixe-galo e feijão de óleo de palma na mão. Acabada a sessão dos sentidos pêsames, o filho mais velho de Zabele puxa uma cadeira e senta-se ao seu lado.

– Pronto, lá se foi a nossa mãe! – diz José Sussumuku. – Tony deixou cair o prato da comida. José tinha voltado a falar? – Não te espantes, Tony, eu nunca perdi o dom da fala. Só não queria falar, porque estava, e ainda estou, sempre hei de estar muito amargurado, muito remorsado por ter queimado os sonhos do Hermes.

---

104 Quissângua (do quimbundo "kisângua") – bebida fermentada preparada com farinha de milho.

– É verdade, mano, a nossa mãe grande foi embora. Mas foi descansar, mano – respondeu Tony. – Como tem corrido a tua vida?

– Muito calma, meu mano, muito calma, gerindo os meus matutinos até Viana.

– Só falta mesmo aqui o teu irmão Hermes. No enterro nem pronunciei o nome dele, porque não valia a pena. Já passaram 45 anos. Ninguém se lembra mais dele. Os melhores amigos morreram no fraccionismo. Mas, já agora, ó Zé, alguma vez procuraste saber onde se terá metido o Hermes? Será que ainda está vivo?

– O nosso mano sumiu para sempre. O desgosto dele foi muito grande. E eu fui, em parte, o culpado, porque eu é que lhe decifrei os sonhos... e agora queria pedir-lhe perdão e não sei onde encontrá-lo! – José se entristece.

– Isso faz parte do passado, José, um dia ele ainda vai dar sinal de vida. Uma coisa muito curiosa na vossa família é que o teu irmão é um sonhador, e tu és o intérprete dos sonhos, como o teu xará do Egipto antigo. E a tua falecida mãe tinha o dom de abençoar os casamentos das noivas que vestiam os seus vestidos.

– Dizes isso só para me consolar, Tony. Tu não sabes que tipo de sonhos ele sonhou antes da nossa independência. E eu nunca vou te contar. É uma coisa inacreditável, inadmissível, é um terror abissal que vais ter na alma se eu te contar.

Passa um espírito. Os dois calam-se sem querer. Tony sente a sombra magra e miúda de Hermes de pé à sua frente. Só a sombra, porque o próprio Hermes tinha se evaporado daquela casa há 45 anos. Foi numa noite como esta, Luanda ardia sob o fogo dos projécteis, quando Hermes o chamara com o assobio da malta do comité de acção do bairro. Estava tudo claríssimo na sua memória. A fala persuasiva de Hermes, a quem ele chamava no gozo dos miúdos, de Hermes Trismegisto, o grande mago e filosofo egípcio. Os olhos de Hermes escorrendo orvalho quando lhe dissera:

– Tive um sonho terrível, ó Tony! É melhor irmos embora, pá! – por mais de uma vez o amigo o havia aconselhado.

– Mas tu vais embora por quê? E ainda por cima, queres ir para a terra do colono, os nossos opressores? Não és patriota? O teu irmão até já é comissário político das FAPLA. A revolução vai triunfar, disse o presidente Neto.

10. Sentado no seu trono de pedra na cripta da Esfinge no deserto de Gizé, Hermes, agora Ermi Al Suss Umuk, conselheiro espiritual de Hosni Moubarak, sente um tremor no lado esquerdo do peito e vê sua mãe, Zabele, dizer adeus a este mundo. Suss Umuk tinha uma marca no lóbulo esquerdo do rosto que o acidente lhe deixara. Tinha o olho meio fechado, pesado, baço. Os do beÓ passaram a lhe chamar Spínola, nome de um general português que dirigiu o início da descolonização em Portugal e era camões de um olho. Mas isso durou pouco tempo. Hermes evadiu-se para Portugal, antes da independência. Emir sonhou a morte da mãe, mas não veio (estamos a contar de dentro de Angola) ao funeral, não aguento reviver o meu próprio sonho em carne e osso. E também agora já não sou angolano, sou árabe do Egipto. Tenho aqui família.

Eu, espírito caminhante, eu mesmo, boca invisível, estive no Cairo, três dias antes do enterro, até descobrir que, desde a morte de Hosni Moubarak, o seu conselheiro espiritual se tinha definitivamente trasladado para a cripta da Esfinge no deserto de Gizé. Fui ter com ele. E lhe disse que era fácil para ele, um afro-árabe muito rico, a viver do salário de consultor espiritual do faraó do século XX, vir a Angola. Me respondeu eu sofro de um solfejo marítimo infinito. Levantou o canto direito do *keffiyeh*[105] preto e branco a Yasser Arafat e sobressaiu do ombro dele uma cabeça de peixe pargo com os dentes bem afiados a respirar como um país sequestrado, e todos os espíritos que tinham ido comigo só para fofocarem depois no congresso anual de metafísica aplicada que se realiza na obscuridade da floresta do Mayombe fugiram, inclusive eu, estou a vos falar conforme que aconteceu nessa minha primeira e única visita ao Egipto.

Agora aqui em Luanda, e só por curiosidade, já que vocês querem saber os feitos do nosso irmão trânsfuga, pois saibam o porquê de Hosni Moubarak não ter fugido do Egipto, mesmo depois que a Primavera Árabe lá arribou em 2011. Perguntou a Ermi Al Suss Umuk:

– Meu notável conselheiro, diz-me uma coisa, terei de fugir do meu país, como o fez o presidente da Tunísia?

– Ilustre e venerando faraó – respondeu Ermi –, no meu sonho, vossa excelência há de morrer de morte natural. Poderá sofrer algumas represálias dos irmãos muçulmanos, mas estes vão perder o poder.

Conforme Ermi Al Suss Umuk sonhara, o faraó Moubarak faleceu num hospital no Cairo, em 2 de fevereiro de 2020, com 91 anos. Depois da morte do seu faraó, Ermi (Hermes) Al Suss Umuk refugia-se num local secreto nas profundezas da Grande Esfinge do deserto de Gizé, onde se encontra o túmulo do deus Thot, até hoje inacessível aos mais minuciosos arqueólogos de múmias de todas as nações poderosas do planeta.

---

105 *Keffiyeh* – grande lenço árabe da Palestina.

11. Agora que o território da capital está livre do Surriso, a fome e a doença que ele deixou crescem como folhas de mandioqueira. Portosso muda o negócio dele, mais uma vez. Tinha deixado o negócio da liamba para vender óculos. Devido à humilhação pública dos fiscais, quando lhe agarraram nos mambos[106] na rua todo mundo a ver, deixa os óculos para andar de rua em rua com carrinho de mão a preguntá bateria usada, ac usado, motor de gilera, estó comprrraá! Tem dias que o carrinho volta vazio no apartamento perto do bronze da independência. Outros dias tem que o carrinho enche. Vende numa siderurgia de ferro-velho pertença de um libanês no Panguila. Ali o libanês abre as baterias, tira o chumbo. Abre os ac, tira o cobre. Para exportação. O resto funde. Sonho dele era o mesmo da mulher que dormia no passeio com o filho dela, o mesmo das putas da Baixa: ir um dia prá Belgique. Sonho muito adiado, mas não descontinuado.

Calcorreando as ruas da vida, com o seu carrinho de mão, muitas vezes cruza olhares e falas com a vendedeira de hortelã cuja voz sai do megafone a pilhas, os miúdos de rua que dormem no Largo da Liga Africana, aquele antigo combatente de mãos comidas por uma granada, a mulher magérrima com um filho escanzelado que se senta na esquina do prédio da Sonangol, essa mulher que andara de rua em rua, à noite, bem luarenta como uma tangerina, mas agora não quer mais viver da zunga da vagina dela, agora, tísica de sida, prefere morrer de fome, só mesmo a pedir paizinho, ajuda só!, ele, Portosso, é apenas o congolês, o zaikó langa-langa colector de baterias usadas, ares-condicionados obsoletos e motores vazios de geleiras

---

106 Mambo – coisa. Aqui refere-se aos órgãos genitais.

pra vender no libanês do Panguila, ah, e o engraxador kilombo de cabelos brancos que ninguém sabe a idade por causa dos cabelos que lhe nasceram já sem cor. Todos eles vão-se conhecendo nas marmitas de comida dos operativos que tomam conta das lojas na cidade. Vem um motoqueiro com a caixa plástica cheia de marmitas, geralmente de massa com feijão e peixe frito, arroz de tomate com frango, e lhes vende no bom preço do povo. Cada comida duzentos kwanzas. Quem, um dia, não faz dinheiro, lhe dão cada um uma colher dessa comida e não passa fome. Se dão encontro, todos dias, ali debaixo da velha acácia rubra do Maculusso, bem junto do restaurante dos búlgaros. Falam mambos da vida. Lenguessa, o menino do Lobito que dorme no passeio junto ao bronze da independência, Lenguessa que aceitou o grande desafio da vida, ser empreendedor, não tem mambos de falar. Só de ouvir e pensar.

12. Um dia, o remoinho da fome vem rolando, rolando sobre a cidade, desde Viana até ao Largo da Independência. Lenguessa, em repouso sobre o papelão no passeio, acorda sob a insistente poeira desse remoinho. O irmão continua no sono. Neste dia, não vem nem um único cliente de engraxar sapato. Ao meio-dia e meia vai buscar o irmão ali perto e vão no grupo dos *take-aways* de duzentos kwanzas. Ao menos, cada um lhe dá uma colher e não passa fome. O grupo está lá debaixo da acácia. Ninguém fala. Ninguém tem *take-away*. Nenhum deles fez nem cem kwanzas. A jovem mulher magra com o filhinho escanzelado a tiracolo está deitada no passeio. Lenguessa mobiliza a fome e diz vamos na estátua da independência.

Lá chegados é o quilombo de cabelo sem cor que agita as massas. Àquela fome em pessoa junta-se um enxame de outros miúdos de rua e jovens que veem as imagens a correr nas redes sociais. Com uma velha e gasta bandeira da república que lhe servia de cobertor cobrindo-lhe o peito, Lenguessa sobe no pedestal da estátua do primeiro presidente, segura-lhe na mão que desce pelo corpo de bronze, e começa a recitar com tal veemência o poema "Havemos de voltar". Durante alguns dias, sentou-se ali no mesmo banco onde Tony Caiande lhe dera o pacote de bolachas e pedia a alguém para lhe ler o poema incrustado na frente do pedestal. Decorou-o todo. Depois de gritar o poema, a polícia antissensorial entra em cena. Algema e faz deitar no solo todo o grupo cá em baixo. Do alto do pedestal, Lenguessa levanta na alma uma aura lutadora. Ruge: QUEREMOS INDEPENDÊNCIA! Uma bala atinge-o no peito. Miúdo Lenguessa voa lá de cima, estatelando-se no chão duro do Largo da Independência, como uma andorinha que nunca aprendeu a voar. Sem um ai na boca aberta a escorrer um fio de sangue da cor da bandeira da república sempre enrolada sobre o peito.

13. Quinta-feira, 10 de setembro, logo de manhã, Tony Caiande abre a porta de saída e espanta-se com a enorme fila de pessoas com deficiência física, crianças de rua, velhos e mulheres que se estende até perder de vista. A fome é um rio seco atravessando o ventre magro de Luanda. Desde o início de agosto, Tony resolvera inaugurar, à porta de casa, um serviço público de oferta de bens alimentares aos mais necessitados: só pessoas com deficiência física, velhos e crianças de rua. Tem o apoio de alguns empresários angolanos, libaneses e malianos nessa empreitada. Dá a cada cidadão um pacote de massa, um frango, um quilo de arroz ou de feijão, uma garrafa de óleo de soja, uma peça de cada bem para cada um.

Nesta segunda operação de doações, quatro dias depois do fim do Surriso e um dia depois do enterro de mamã Zabele, a fila de pedintes atinge quase dois quilómetros. Uma patrulha da polícia motorizada, desses de farda preta, para o veículo. O que vem à pendura[107] desce da mota, com a sinistra arma automática ao peito:

– O senhor não vê que está a alterar a ordem pública?

Um comboio de formigas sobe pela parede do muro baixo do quintal. De pé na porta, Tony olha para a autoridade e sorri de caxexe[108].

A chuva miúda, quase sereno de setembro, é um fio de prata nos ventres flutuantes das formigas. O céu abre as cortinas aos raios do sol que espreita lá do alto. António Mateus Caiande sacode os sapatos contra o chão do passeio, coloca a alma dentro da boca, entreabre os dentes, meio a sorrir, se abaixa e deixa o espírito escorrer sussurrante no ouvido de Kapuete, que tinha vindo com ele à porta, trazendo a cavalo no dorso o camaleão descido do tambarineiro do conhecimento da vida e da morte que está no Jardim do Éden. Colado no lombo de Kapuete, o camaleão adquire toda a tinta preta dos seus pelos. Kapuete encosta-se à branca parede do muro do quintal. O camaleão começa a ganhar a branca textura do muro, a partir do dorso para o ventre. Tony Caiande olha o animal mais lento do mundo, a cabeça e o dorso brancos e o ventre e as patas pretas, e lhe fala em surdina:

– Já sei qual é o teu nome. A partir de hoje, te chamarás Colono.

---

107   À pendura – na moto, quem vai na garupa.

108   De caxexe – de soslaio.

O SÉTIMO SONHO DE
HERMES SUSSUMUKU

1 Ao elefante de duas cabeças vermelhas nascera-lhe uma terceira cabeça do lado esquerdo.

2 Então a terceira cabeça também vermelha com a estrela amarela na testa criou um novo dente bem no final da tromba, como um prolongamento desta. Esse novo dente não era marfim, era uma espada de aço afiada e brilhante. Era um dente de guerra.

3 A terceira cabeça do lado esquerdo do elefante trasladou o enorme falcão cinzento de asas redondas, que vivia sentado atrás da segunda cabeça à direita. Trasladou o falcão que secou o espesso leite preto das tetas da vaca. O falcão que bebia um néctar de pedra lilás muito raro numa taça de diamante, vindo directamente do céu em cabaças de vidro pequenas que um anjo branco como a cal fazia descer por um fio de ouro com um cesto de ráfia no final. Trasladou para trás da sua própria cabeça o falcão cinzento com poderes mágicos para reequilibrar o ADN do elefante. Por momentos, o anjo branco enrolou o fio de ouro com o cesto no final e o falcão interrompeu a sua voragem etílica.

4 Logo de seguida, num gesto ferocíssimo, a nova cabeça da esquerda rodou a tromba e decepou com esse novo dente de aço a segunda cabeça do pescoço do elefante, a da direita, que tinha 38 dentes. O elefante ficou apenas com duas cabeças. Mas o pássaro cinzento de asas redondas que secara o espesso leite da enorme vaca de fogo preto rutilante que ardia para o seu interior e não queimava

137

nada ao redor, esse continuava a beber do líquido de pedra lilás numa taça de diamante, refastelado por detrás da nova cabeça do elefante.

5 A cabeça decepada, de 38 dentes no comprimento da tromba, caiu ao chão com um estrépito de meteorito, matando os cabritos mais próximos amarrados no campo de mandioca e dispersando alguns camaleões que perderam as línguas compridas, tirando-lhes o poder de sucção.

6 As mandioqueiras racharam ao meio, enquanto a cabeça decepada rolou, rolou até atravessar o oceano.

7 Então acordei do meu sono profundo e comecei a falar.

QUEM CONTA UM CONTO, ACRESCENTA-LHE UM CANTO

De cabeça a cabeça, da língua de um para a boca do outro. Ovo de misoso é assim mesmo. O poedeiro não sou eu. É o próprio (p)ovo que o põe. A Vida não se escreve. Vida é ovo com pessoas, coisas e música lá dentro. Eu gosto só de ver, acompanhar os mambos, assistir as makas[109] todas. Como podem escutar, esta estória de António Caiande, mamã Zabele, miúdo Lenguessa, Portosso e os irmãos Sussumuku, o sonhador e o intérprete dos sonhos e outros animais domésticos não tem nada a ver com a realidade angolana.

Eu sigo, vejo e vivo as estórias, mas deixo elas se cantarem a si mesmas. Principalmente essas fábulas da cidade de betão[110], onde os animais sabem falar como homens. As coisas aqui coantadas, nunca coantei a ninguém. Com os óculos escuros que deformam a realidade, quem iria acreditar em mim? São coisas que só visto; contadas, ninguém acredita. Eu só coanto. Pois, quem conta um conto, acrescenta-lhe um canto.

Música final: "Besoka", de Manu Dibangu

---

109   Maka – assunto; problema a discutir.
110   Betão – concreto.

Este livro foi composto na fonte Sabon e impresso
pela gráfica Paym, em papel Lux Cream 80g/m², para a
Editora WMF Martins Fontes, em janeiro de 2025.